宮沢賢治の心を読む(IV)

草山万兎

童話屋

目次

まえがき …… 6

かしわばやしの夜 …… 34

「かしわばやしの夜」を読んで …… 58

双子の星 …… 72

「双子の星」を読んで …… 102

やまなし …… 114

「やまなし」を読んで …… 126

月夜のけだもの……138
「月夜のけだもの」を読んで……152
若い読者のみなさんへ……162

銅版画　加藤昌男
装丁　島田光雄

まえがき　共生について

草山万兎

第二次大戦以後の急速な文明の発達は、驚くべきものがあります。今から五〇年前というと、ついこの間のことですが、その頃は薪《たきぎ》や炭で御飯を炊き、洗濯板で衣類をゴシゴシこすって洗い、一般家庭にはテレビもありませんでした。スマホ時代の今の子どもたちには想像もできないでしょう。

文明のあまりに急激な発達のために、残念ながら大規模な自然破壊を起こしてしまいました。一口に地球環境問題と言われますが、その中のどれ一つをとっても容易に解決できない深刻な事件ばかりです。地球温暖化という大問題は皆さんも知っているでしょう。また、残念なことに、大地も大気も海や川も、有害な化学物質で汚染してしまいました。

　自然破壊の進行を止め、クリーンな環境にもどすにはどうすればよいか。その処方の一つとして、「人と自然の共生」「人と動物の共生」という言葉が、解決のための呪文のようにとなえられています。宮沢賢治ブームは、そのことにも関係があるのでしょう。ところで、人と自然の共生とは、いったいどういうことをさしているのでしょうか。なんとなくわかったようで、よく考えてみるとよくわからない。何を意味しているのか、考えてみたいと思います。初めに「共生」とはどういうことかを、具体的な事実をあげて考えてみましょう。

　生物の世界を眺めてみると、共生現象はいくらでも見られます。みなさんがよく知っているのは、花と昆虫の関係ですね。花にはめしべとおしべがあり、おしべの花粉がめしべにつく（受粉）と種子ができます。その役目をしているのがミツバチなどの昆虫です。ミツバチは受粉する代りに、おいしい蜜を花からもらいます。受粉は遺伝子の分散のためには、他の花の花粉をもらう（他家《たか》受粉《じゅふん》）必要があります。ミツバチの体には花粉がつくので、花から花へと飛びまわって、よその花の花粉を媒介し、他家受粉の役目を見事に果たしています。花とミツバチはお互いに助けあう共生関係にあります。昆虫に受粉してもらっている植物は、虫媒花《ちゅうばいか》と言います。

　受粉には昆虫による他にもう一つの方法があります。それは風の力をかりる方法で、風媒花と言います。マツ、スギ、ヒノキなどがそうです。花粉は風に運ばれ、他の木の花に受粉するのは、全く偶然によります。したがって花粉を大量に空中に放出します。花粉症に悩まされるのはこのためです。

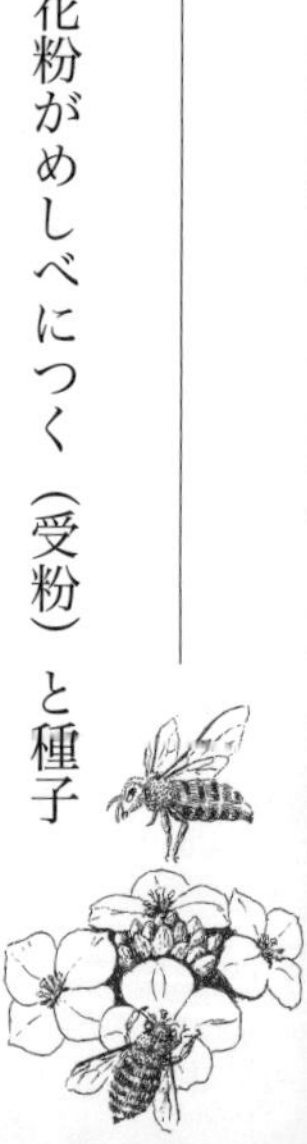

種子を生じる植物を種子植物と言いますが、それには裸子《らし》植物と被子《ひし》植物があります。前者は風媒花で後者が虫媒花です。この二つの植物には大変興味深い関係があります。

中生代の三畳紀から白亜紀までは爬虫類の天下で、巨大な恐竜がのし歩いていました。植物はシダ類と裸子植物の全盛期でした。体長が三〇メートルをこす巨大な草食恐竜は、これらの植物を餌にしていたのです。被子植物が誕生したのは一億二五〇〇万年前の白亜紀前期で、裸子植物群落の中で細ぼそと生きていたのです。ところがしだいに力をつけ、白亜紀中期には裸子植物を圧倒し、白亜紀の次に約六千五百万年前から始まる新世代には、被子植物は両者を合わせた種類の八〇％を超えるようになったのです。現在では維管束《いかんそく》植物（シダ類と種子植物）二五万二〇〇〇種のうち、スギ、マツなどの裸子植物はわずかに七五九種しかありません（ただし、量的には裸子植物は少なくありません。シベリアなどの亜寒帯か高地には針葉樹が大面積の森林を作っています）。

被子植物の種類がとびぬけて多い理由は簡単です。受粉のために昆虫と手を組んだからです。つまり、昆虫と共生関係を作ったからです。被子植物は美しい花やいい香りで昆虫を呼びよせ、甘い蜜を用意しました。そのためにいろんな工夫をし、お互いに競争することによって種の数が増えていったのです。

被子植物は昆虫とだけではなく、鳥類や哺乳類とも共生関係をもつようになりました。鳥類は約九千種いますが、そのうち蜜だけを餌にしている鳥は、なんと七六〇種もいるのです。これは鳥の方が、甘い蜜を狙うようになり、共生関係をもつようになったのでしょう。

蜜吸いの鳥で皆さんになじみのあるのは、中南米に多いハチドリでしょう。どの種も金属光沢のさまざまな美しい色をもった花の精

のような小鳥で、三〇〇種余りいます。体長四センチ以下で、花の蜜を吸う時はホバリングをして空中に停止し、くちばしを花《か》冠《かん》に突っこんで蜜を吸います。ホバリングとは、羽を細かく動かして空中に停止する行動です。ハチドリがホバリングする時の羽ばたきの回数は、なんと一秒間に八〇回もあり、停止位置から前後に自由に動くことができます。

賢治さんはなぜかハチドリが大好きで、はちすずめ（蜂雀）の名でたびたび作品に登場します。賢治動物ワールドには、獅子や象など特別の動物以外、外国の動物は作品に登場しないのに、ハチドリが特別扱いになっているのはなぜなのでしょうか。賢治さんは宝石が大好きでルビーやエメラルドなど私たちが知っている宝石はもちろんのこと、全く知らない宝石が非常にたくさん作品に出てきます。ハチドリは鳥類のなかで美麗と愛らしさでは鳥類の宝石と言ってよいでしょう。それと、花と共生している友だちという理由から、ハチドリが好きなのだろうと思います。

　共生の問題で、「不思議の国のアリス」と少し関係がある大変興味深い話があります。この作品の中で、ドードー鳥というおかしな鳥が出てくるのを覚えていますか。コーカスレースというなんとも奇妙なレースを提案した鳥です。ドードー鳥というのは、印度洋のモーリシャス島にだけ生息していた、太った七面鳥に似た不格好な鳥です。羽や尾は退化して短くなり、飛ぶことはできません。珍妙なのはつきだした長い顔で、その先に鋭くて固い黄色のくちばしがついています。アリスの本にはテニエルが描いた絵があるので見て下さい。

　ドードー鳥は一五九八年に発見されました。あまりに珍妙な姿なので、ヨーロッパの動物園や王宮で飼育されました。肉がおいしい

のでたくさん捕獲され、また入植したオランダ人が持ちこんだイヌやブタ、ネズミがひなや卵を食べたので、わずか八三年間で絶滅してしまいました。残念ながら剝製は一つもなく、骨もわずかしか残っていません。しかし、ドードーの奇妙なファンタスティックな姿に魅了されて、ブリューゲルといった一流の画家をはじめ多くの画家による正確な絵がたくさん残っているので、どんな鳥だったかがわかるのです。

ドードー鳥が絶滅して約三〇〇年たった頃、植物学者が疑問に思ったことがあります。それは現地の人がタンバラコクと呼んでいる木が、花も実もつけるにもかかわらず、樹齢三〇〇年以上の老木ばかりで若木がないことです。

この理由がようやくわかりました。それはドードーの絶滅による、という謎のような答だったのです。

ドードー鳥の大好物は、タンバラコクの実でした。この実は固くて土に埋まっても発芽しません。ドードーが食べ、胃の後半部にある砂嚢《さのう》の中の小石や砂でもまれ、実の固い外殻がこわれたり傷ついたりして、糞といっしょに排泄されます。そのことによって初めて種子は発芽するのです。タンバラコクの種子は、ドードーのお腹を通らなければ発芽しないのです。つまり、タンバラコクとドードー鳥は共生関係にあったのが、ドードーが絶滅し共生の絆が切れてしまったために子孫を残すことができなくなり、やがて自分も絶滅の道をたどるという結果になったのです。両者はいわば運命共同体を作っていたのです。

植物は多くの鳥類と共生関係を作りましたが、哺乳類とも手を結びました。面白い例も一つあげます。

東南アジアには、ドリアンという果物があります。パイナップルほどの大きさで、世界の果物で最もおいしく最も臭い果物と言われています。あまりに臭いので飛行機には持って入れないし、ホテルの部屋に持ちこむことも禁止されています。隣りの部屋までにおうからです。

ドリアンは白い花を咲かせますが、送粉者はヨアケコウモリという小型のコウモリです。コウモリは大変種類が多く、蜜吸い専門のコウモリも多種います。

ドリアンは実をつけ、大きくなって熟すると地面に落ちます。しばらくすると、おいしい果物を食べにオランウータン、スマトラゾウ、マレーグマ、ヒゲイノシシなどがやってきて、大よろこびで食べます。そして種を糞と共に排泄します。ヒゲイノシシらはおいしい果実をもらう代りに、種子を遠くへ散布するという役目を果たしてくれており、ドリアンとは共生関係をもっていると言えます。ドリアンが臭いのは遠くの動物にも存在を示すためであり、おいしいのは食べてもらうためなのです。

花と動物の共生について述べてきましたが、植物と菌類、昆虫どうし、鳥類と哺乳類など、他にもいろんな組み合わせの共生関係を見出すことができ、一冊の本になるほどです。

今まで述べてきた共生とは、花と昆虫のように違った種がお互いに利益を得る関係をさしていました。しかし、共生とは何かをもっと広く深く考えてみると、いろんなタイプの共生関係があることがわかります。

元来「共生」という言葉は、生物学の概念です。共生の定義は「異種の生物が密接な相互作用を通じて一緒に暮らしていること」です。一緒に暮らすといっても、仲がいいとか仲が悪いとか、いろんな暮らし方があります。今まで述べてきた花と昆虫、あるいはドリアンとヨアケコウモリの関係は、異種の生物がお互いに利益を交換する関係です。こうした共生の関係を「相利《そうり》共生」と言います。

普通私たちが共生と言っているのは、相利共生を頭に浮べて言っているのです。しかし、共生の定義から考えると、他にもいろんな共生のあり方があります。例えば、一方が得をするが片一方は何も得をしない関係があります。これを「片利《へんり》共生」と言います。

木に鳥が巣を作った場合、巣は葉にかくれて外から見えないし、高い所にあるので地上の敵からは安全です。鳥にとってはとてもいいことだけれど、木は何も得をしない、そのかわり損もしない。コバンザメという魚がいます。八〇センチですらっとした細身の体つきをした魚です。この魚は頭の上に小判《こばん》型の吸盤をもっていて、船や回遊《かいゆう》魚の腹に吸盤でくっつくのです。コバンザメはエネルギーを使わないで何処にでも行くことができます。

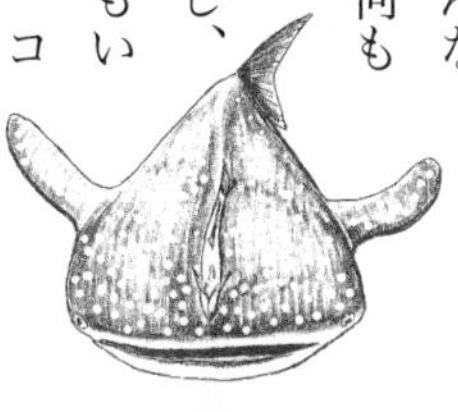

このように、一方が得をするが一方は何も得をしない関係をみてきたのですが、一方、片方は得をするが、もう一方はそのために害を受けるという片利共生があります。片一方は損害をこうむるので、「片利《へんり》有害《ゆうがい》共生」と言います。人間の場合を見渡すと、いくらでも見つかります。さぎ師とさぎにあった人や空巣泥棒とか、最近問題になっているオレオレさぎなど、あげればいくらでもありますね。

動物社会でも、ずるがしこいのがいます。よく知られているのは托卵《たくらん》です。鳥類は子育てが大変です。巣を作り、そこへ卵を産んで温め、ひなに餌をやって一人前になって飛びたつまで面倒をみなければならない。その間危険にもさらされ大変な労力がいります。この面倒な育児を、他の鳥をだましてすべてやってもらうというずるい行動をする鳥がいます。カッコウ類の鳥がそうです。

カッコウ類には、カッコウ、ホトトギス、ツツドリなど特徴のある鳴き方からよく俳句や和歌によまれ、古来から人に親しまれてきた鳥です。ところが、詩歌によまれたイメージとは逆に、とてもずるがしこい鳥なのです。彼らは小鳥の巣に卵を産み、その小鳥に育ててもらうのですが、それを托卵《たくらん》と言います。托卵される宿主《しゅくしゅ》（仮り親）はきまっていて、カッコウはモズやホホジロに、ホトトギスはウグイス、ツツドリはムシクイ類の小鳥です。

托卵はあきれるほど巧妙です。宿主の卵の大きさや色、模様にそっくりな卵を産みます。宿主の鳥が巣に三、四個の卵を産むと、親鳥がいない時をみはからって、巣に数秒という短い時間に卵を一個産みます。そして、宿主の卵を一個ぬきとって巣の外へ捨て、そしらぬ顔で飛び去っていく。つまり、宿主の卵が四個あれば、カッコウの卵を加えて五個になるから、一個減らして数合わせをするのです。

それだけではなく、もっとあくどいことをやるのです。まっ先にカッコウのひながかえり、二、三日すると、モズのひながかえります。そうすると、そのひなを巣の外に放りだすのです。そして、つぎつぎにかえったひなを放り出し、親からの餌をひとりじめしてすくすくと育ちます。毛がはえそろい飛べそうになると巣を出て木の枝にとまり、数日は親から餌をもらいます。体は親のモズよりもずっと大きくなっていますが、親は気の毒なことに自分のひなと思いこんでいるのです。その理由は、親が餌をもってくると幼鳥は大きな口をあけますが、口の中が赤色をしています。口の中が赤いのは自分の子だと親は信じてしまっているのです。

カッコウの幼鳥は立派な体になり、自力で自由に飛べるようになると、「はい、さようなら」とばかり、育ての親に一言のお礼も言わず飛び立って行きます。恩知らずにもほどがあります。

托卵は片利有害共生の典型ですが、もっと徹底しているのは寄生ですね。人間の体につく寄生虫は、みなさんも知っているでしょう。現在の日本は衛生がゆきとどいているので、寄生虫をもった人は少ないですが、戦前や戦後一〇年ばかりは、多くの子どもが回虫をもっていました。一〇～二〇センチもある割箸ほどの太さの白い虫で、普通は小腸に住んでいますが、胃や大腸などにもいます。数十匹ももっている子どももいて、小学校の授業中に回虫が口から出てきた子がいました。マクリという回虫を下ろす液体の薬があり、全校の生徒が飲む行事がありました。マクリは独特の嫌な臭いと味が

する液体で、鼻をつまんで半泣きになって飲んだものです。

共生と一言で言うけれど、いろんな共生のあり方があることがわかったと思います。ここで本題にもどり、「人と自然との共生」はどういう共生のタイプに入るのでしょうか。人間は自然からいろんなものをもらって生きています。空気も水も食べ物も自然からもらったものです。しかし、人間は自然に何を返しているかというと、何も返していない。ということは、人と自然の関係は片利共生の関係にあると言えます。人は自然から恵みを受けて生きているわけですから、自然に対して感謝し謙虚な態度をもって接することが生きていくための基本だと思います。それが産業革命以後、急激に進んだ文明のために、現在は地球規模の自然破壊を起こしてしまいました。つまり、人は自然に対して片利有害共生の関係をもつ存在になってしまったのです。

ここで原点にもどってヒトという生物のあり方を見てみましょう。ヒトは約七〇〇万年前に地球上に誕生しました。生活の基本は狩猟（漁労《ぎょろう》も含む）採集生活、つまり、動物を狩り、食物を採集して暮らしていたのです。狩猟といっても道具は弓や石器、こん棒だから、狼やライオンなどの肉食獣に比べると能率は比較にならないほど劣ります。人口も少ないし、ヒトは生態系の一員として自然とは相利共生の関係を保っていました。

この生活が何百万年も続いた後、今から約一万一千年前、生活上の大革命が起こりました。狩猟の代りに羊、牛、馬などを家畜にする、食料採集の代りに麦や稲を栽培するという画期的な食物獲得技術を発明したのです。一挙に人口は増加し、文明世界が開けました。同時に人間による自然破壊が進行しました。田畑や牧地を作るために、森林を伐採しました。ヨーロッパでは一七世紀には平地や丘の森林はほとんど伐採されてしまいました。日本でも同じで、平地林のほとんどは田畑に代りました。農耕牧畜の発明から、人間は自然に対して片利有害共生の道を開いたのです。

文明の発達は、これからもますます加速度を増して行くでしょう。しかし、そのことによる自然破壊を最少にする、あるいは無くする努力をしなければ、人類は遠からず滅びてしまうでしょう。この問題は別の所でとりあげることにし、人は自然と相利共生の関係をもつことができるのか、という問題を考えてみたいと思います。

動物たちの環境は自然そのものです。しかし、人間には自然環境の他にもう一つ環境があります。それは文化環境です。ここで言う文化は広い意味で使っています。宗教や芸術といった精神文化とともに、衣食住に関する生活文化、社会関係などを含んでいます。

私はここで新しい共生のあり方を提唱したいと思います。それは文化的共生です。例えば、田舎道を歩いていてふとスミレの花が目に入った。立ち止まって美しいと思う。その瞬間人とスミレによる文化的環境が生まれ、人とスミレの文化的共生関係が成り立ったのです。その場合、可憐だと思う、あるいは、紫色の鮮やかさに感動する、初恋の少女の淡く甘い想いが心に浮かぶなど、人によってスミレとの文化的共生のあり方が違うでしょう。

このように自然と人の共生関係は、人によって違いますが、一方、個人を超えて集団あるいは民族全体と自然の共生関係を作ることもできます。例えば、日本では桜とか富士山がそうです。富士山はたんなる三角錐型の火山という自然物の一つですが、あの崇高な美しさは日本民族の心の支えであり象徴であることに異存がある人はまずいないでしょう。

話が少し難しくなってきて、子どもの皆さんにはわかりにくいかも知れません。わかりやすい例をあげましょう。こういう話を理解するための方法は簡単です。それは野外に出て自然の中で遊ぶことです。近くの里山へ行くと、太い藤づるが見つかります。それにぶら下がってターザンごっこをすると、すごく面白い。ということは、藤づるという自然物と、君との間に文化的共生関係ができたということなのです。そしてその楽しい想い出は心の中に刻まれ、大人になってからその藤づるを見ると、少年の時の楽しかったことを想い出し、純真な自分の少年期の姿を想い浮べることができるでしょう。石けり遊びの石、川での魚獲りの魚たち、ツメ草で作った首飾りなど、野外での子どもの遊びを通じて、生涯忘れられない文化的共生の想い出をたくさんもつことによって、人は豊かな心、美を感じる心、創造力などを身につけることができるでしょう。

宮沢賢治は生涯人と自然の共生のあり方を、文化的共生も含めて、追い求めた人でした。そして、共生関係を超え、自然と同化し一体化する境地まで行きついた人だと思います。そしてそのことを、論文や小説ではなく、人と自然が自由に話をし、遊び、一緒に暮らすなど、夢と空想を豊かにあるいは奔放にくりひろげられる童話という文学形式で表現したのです。

『宮沢賢治の心を読む』は、この巻（Ⅳ）で終ります。すぐれた研究者、評論家がたくさんおられる中で、私ごとき素人愛好者が解説を書くのはおこがましい限りであることは重々存じていますが、あえて挑戦した理由は、（一）子どもむけのものが少ないこと、（二）賢治は高等農林学校卒の理系の人にもかかわらず、評者のほとんどが文系の人で、生物学的視点が往々にして抜けていると思います。そこで子どもむけに書くこと、と生態学の視点からとらえることの二点に足を下ろして蛮勇をふるってみました。大方の御批判を待ちたいと思います。

なお、加藤昌男さんは平成二八年に宮沢賢治学会から、宮沢賢治賞奨励賞を授与されました。出版にあたっては童話屋の田中和雄さんに大変御厄介になりました。ありがとうございました。

宮沢賢治の心を読む（Ⅳ）

KASHIWABAYASHI no YORU
1
2
3
4
5
6
7
8
9
2
1
KENJI MANDARA·EX LIBRIS

かしわばやしの夜

清作は、さあ日暮《ひぐ》れだぞ、日暮れだぞと云《い》いながら、稗《ひえ》の根もとにせっせと土をかけていました。

そのときはもう、銅《あかがね》づくりのお日さまが、南の山裾《やますそ》の群青《ぐんじょう》いろをしたとこに落ちて、野はらはへんにさびしくなり、白樺《しらかば》の幹などもなにか粉を噴《ふ》いているようでした。

いきなり、向うの柏《かしわ》ばやしの方から、まるで調子はずれの途方《とほう》もない変な声で、

「欝金《うこん》しゃっぽのカンカラカンのカアン。」とどなるのがきこえました。

清作はびっくりして顔いろを変え、鍬《くわ》をなげすてて、足音をたてないように、そっとそっちへ走って行きました。

ちょうどかしわばやしの前まで来たとき、清作はふいに、うしろからえり首

をつかまれました。

　びっくりして振《ふ》りむいてみますと、赤いトルコ帽《ぼう》をかぶり、鼠《ねずみ》いろのへんなだぶだぶの着ものを着て、靴《くつ》をはいた無暗《むやみ》にせいの高い眼《め》のするどい画《え》かきが、ぷんぷん怒《おこ》って立っていました。

「何というざまをしてあるくんだ。まるで這《は》うようなあんばいだ。鼠のようだ。どうだ、弁解のことばがあるか。」

　清作はもちろん弁解のことばなどはありませんでしたし、面倒臭《めんどうくさ》くなったら喧嘩《けんか》してやろうとおもって、いきなり空を向いて咽喉《のど》いっぱい、

「赤いしゃっぽのカンカラカンのカアン。」とどなりました。するとそのせ高の画かきは、にわかに清作の首すじを放して、まるで咆《ほ》えるような声で笑いだしました。その音は林にこんこんひびいたのです。

「うまい、じつにうまい。どうです、すこし林のなかをあるこうじゃありませんか。そうそう、どちらもまだ挨拶《あいさつ》を忘れていた。ぼくからさきにやろう。いいか、いや今晩は、野はらには小さく切った影法師《かげぼうし》がばら播《ま》きですね、と。ぼくのあいさつはこうだ。わかるかい。こんどは君だよ。えへん、えへん。」と云いながら画かきはまた急に意地悪い顔つきになって、斜《なな》めに上の方から軽べ

つしたように清作を見おろしました。

清作はすっかりどぎまぎしましたが、ちょうど夕がたでおなかが空《す》いて、雲が団子のように見えていましたからあわてて、

「えっ、今晩は。よいお晩でございます。えっ。お空はこれから銀のきな粉でまぶされます。ごめんなさい。」

と言いました。

ところが画かきはもうすっかりよろこんで、手をぱちぱち叩《たた》いて、それからはねあがって言いました。

「おい君、行こう。林へ行こう。おれは柏の木大王のお客さまになって来ているんだ。おもしろいものを見せてやるぞ。」

画かきはにわかにまじめになって、赤だの白だのぐちゃぐちゃついた汚《きた》ない絵の具箱《ばこ》をかついで、さっさと林の中にはいりました。そこで清作も、鍬をもたないで手がひまなので、ぶらぶら振ってついて行きました。

林のなかは浅黄《あさぎ》いろで、肉桂《にっけい》のようなにおいがいっぱいでした。ところが入口から三本目の若い柏の木は、ちょうど片脚《かたあし》をあげておどりのまねをはじめるところでしたが二人の来たのを見てまるでびっくりして、それからひどくはず

かしがって、あげた片脚の膝《ひざ》を、間がわるそうにべろべろ嘗《な》めながら、横目でじっと二人の通りすぎるのをみていました。殊《こと》に清作が通り過ぎるときは、ちょっとあざ笑いました。清作はどうも仕方ないというような気がしてだまって画かきについて行きました。

ところがどうも、どの木も画かきには機嫌《きげん》のいい顔をしますが、清作にはいやな顔を見せるのでした。

一本のごつごつした柏の木が、清作の通るとき、うすくらがりに、いきなり自分の脚をつき出して、つまずかせようとしましたが清作は、

「よっとしょ。」と云いながらそれをはね越《こ》えました。

画かきは、

「どうかしたかい。」といってちょっとふり向きましたが、またすぐ向うを向いてどんどんあるいて行きました。

ちょうどそのとき風が来ましたので、林中の柏の木はいっしょに、

「せらせらせら清作、せらせらせらせらばあ。」とうす気味のわるい声を出して清作をおどそうとしました。

ところが清作は却《かえ》ってじぶんで口をすてきに大きくして横の方へまげて

「へらへら清作、へらへらへら、ばばあ。」とどなりつけましたので、柏の木はみんな度ぎもをぬかれてしいんとなってしまいました。画かきはあっはは、あっはははとびっこのような笑いかたをしました。

そして二人はずうっと木の間を通って、柏の木大王のところに来ました。

大王は大小とりまぜて十九本《じゅうく》の手と、一本の太い脚とをもって居《お》りました。まわりにはしっかりしたけらいの柏どもが、まじめにたくさんがんばっています。

画かきは絵の具ばこをカタンとおろしました。すると大王はまがった腰《こし》をのばして、低い声で画かきに云いました。

「もうお帰りかの。待ってましたじゃ。そちらは新らしい客人じゃな。が、その人はよしなされ。前科者じゃぞ。前科九十八犯《くじゅうはっぱん》じゃぞ。」

清作が怒ってどなりました。

「うそをつけ、前科者だと。おら正直だぞ。」

大王もごつごつの胸を張って怒りました。

「なにを。証拠《しょうこ》はちゃんとあるじゃ。また帳面にも載《の》っとるじゃ。貴《き》さまの悪い斧《おの》のあとのついた九十八の足さきがいまでもこの林の中にちゃんと残っているじゃ。」

「あっはっは。おかしなはなしだ。九十八の足さきというのは、九十八の切株《きりかぶ》だろう。それがどうしたというんだ。おれはちゃんと、山主の藤助《とうすけ》に酒を二升《しょう》買ってあるんだ。」

「そんならおれにはなぜ酒を買わんか。」

「買ういわれがない」

「いや、ある、沢山《たくさん》ある。買え」

「買ういわれがない」

画かきは顔をしかめて、しょんぼり立ってこの喧嘩《けんか》をきいていましたがこのとき、俄《にわ》かに林の木の間から、東の方を指さして叫《さけ》びました。

「おいおい、喧嘩はよせ。まん円い大将に笑われるぞ。」

見ると東のとっぷりとした青い山脈の上に、大きなやさしい桃《もも》いろの月がのぼったのでした。お月さまのちかくはうすい緑いろになって、柏《かしわ》の若い木はみな、まるで飛びあがるように両手をそっちへ出して叫びました。

「おつきさん、おつきさん、おっつきさん、
ついお見外《みそ》れして　すみません

あんまりおなりが　ちがうので
ついお見外れして　すみません。」
柏の木大王も白いひげをひねって、しばらくうむうむと云いながら、じっとお月さまを眺《なが》めてから、しずかに歌いだしました。
「こよいあなたは　ときいろの
むかしのきもの　つけなさる
かしわばやしの　このよいは
なつのおどりの　だいさんや

やがてあなたは　みずいろの
きょうのきものを　つけなさる
かしわばやしの　よろこびは
あなたのそらに　かかるまま。」
画かきがよろこんで手を叩きました。
「うまいうまい。よしよし。夏のおどりの第三夜。みんな順々にここに出て歌うんだ。じぶんの文句でじぶんのふしで歌うんだ。一等賞から九《く》等《とう》賞まではぼ

くが大きなメタルを書いて、明日枝《あしたえだ》にぶらさげてやる。」

　清作もすっかり浮《う》かれて云いました。

「さあ来い。へたな方の一等から九等までは、あしたおれがスポンと切って、こわいとこへ連れてってやるぞ。」

　すると柏《かしわ》の木大王が怒りました。

「何を云うか。無礼者。」

「何が無礼だ。もう九本《くほん》切るだけは、とうに山主の藤助《とうすけ》に酒を買ってあるんだ。」

「そんならおれにはなぜ買わんか。」

「買ういわれがない。」

「いやある、沢山ある。」

「ない。」

　画かきが顔をしかめて手をせわしく振《ふ》って云いました。

「またはじまった。まあぼくがいいようにするから歌をはじめよう。だんだん星も出てきた。いいか、ぼくがうたうよ。賞品のうただよ。

　一とうしょうは　白金メタル

二とうしょうは　きんいろメタル
三とうしょうは　すいぎんメタル
四とうしょうは　ニッケルメタル
五とうしょうは　とたんのメタル
六とうしょうは　にせがねメタル
七とうしょうは　なまりのメタル
八とうしょうは　ぶりきのメタル
九とうしょうは　マッチのメタル
十とうしょうから百とうしょうまで
あるやらないやらわからぬメタル。」
柏の木大王が機嫌を直してわははわははと笑いました。
柏の木どもは大王を正面に大きな環《わ》をつくりました。
お月さまは、いまちょうど、水いろの着ものと取りかえたところでしたから、
そこらは浅い水の底のよう、木のかげはうすく網《あみ》になって地に落ちました。
画かきは、赤いしゃっぽもゆらゆら燃えて見え、まっすぐに立って手帳をもち鉛筆《えんぴつ》をなめました。

「さあ、早くはじめるんだ。早いのは点がいいよ。」

そこで小さな柏の木が、一本ひょいっと環のなかから飛びだして大王に礼をしました。

月のあかりがぱっと青くなりました。

「おまえのうたは題はなんだ。」画かきは尤《もっと》もらしく顔をしかめて云いました。

「馬と兎《うさ》です。」

「よし、はじめ、」画かきは手帳に書いて云いました。

「兎《うさぎ》のみみはなが……。」

「ちょっと待った。」画かきはとめました。「鉛筆が折れたんだ。ちょっと削《けず》るうち待ってくれ。」

そして画かきはじぶんの右足の靴《くつ》をぬいでその中に鉛筆を削りはじめました。柏の木は、遠くからみな感心して、ひそひそ談《はな》し合いながら見て居りました。そこで大王もとうとう言いました。

「いや、客人、ありがとう。林をきたなくせまいとの、そのおこころざしはじつに辱《かたじ》けない。」

ところが画かきは平気で

「いいえ、あとでこのけずり屑《くず》で酢《す》をつくりますからな。」と返事したものですからさすがの大王も、すこし工合《ぐあい》が悪そうに横を向き、柏の木もみな興をさまし、月のあかりもなんだか白っぽくなりました。

ところが画かきは、削るのがすんで立ちあがり、愉快《ゆかい》そうに、

「さあ、はじめて呉《く》れ。」と云いました。

柏はざわめき、月光も青くすきとおり、大王も機嫌《きげん》を直してふんふんと云いました。

若い木は胸をはってあたらしく歌いました。

「うさぎのみみはながいけど

うまのみみよりながくない。」

「わあ、うまいうまい。ああはは、ああはは。」みんなはわらったりはやしたりしました。

「一とうしょう、白金メタル。」と画かきが手帳につけながら高く叫びました。

「ぼくのは狐《きつね》のうたです。」

また一本の若い柏の木がでてきました。月光はすこし緑いろになりました。

「よろしいはじめっ。」

「きつね、こんこん、きつねのこ、
月よにしっぽが燃えだした。」

「わあ、うまいうまい。わっはは、わっはは。」

「第二とうしょう、きんいろメタル。」

「こんどはぼくやります。ぼくのは猫《ねこ》のうたです。」

「よろしいはじめっ。」

「やまねこ、にゃあご、ごろごろ
さとねこ、たっこ、ごろごろ。」

「わあ、うまいうまい。わっはは、わっはは。」

「第三とうしょう、水銀メタル。おい、みんな、大きいやつも出るんだよ。どうしてそんなにぐずぐずしてるんだ。」画かきが少し意地わるい顔つきをしました。

「わたしのはくるみの木のうたです。」

すこし大きな柏《かしわ》の木がはずかしそうに出てきました。

「よろしい、みんなしずかにするんだ。」

柏の木はうたいました。

「くるみはみどりのきんいろ、な、
風にふかれて　すいすいすい、
くるみはみどりの天狗《てんぐ》のおうぎ、
風にふかれて　ばらんばらんばらん、
くるみはみどりのきんいろ、な、
風にふかれて　さんさんさん。」
「いいテノールだねえ。うまいねえ、わあわあ。」
「第四《し》とうしょう、ニッケルメタル。」
「ぼくのはさるのこしかけです。」
「よし、はじめ。」
柏の木は手を腰《こし》にあてました。
「こざる、こざる、
おまえのこしかけぬれてるぞ、
霧《きり》、ぽっしゃん　ぽっしゃん　ぽっしゃん、
おまえのこしかけくされるぞ。」
「いいテノールだねえ、いいテノールだねえ、うまいねえ、うまいねえ、わあ

わあ。」

「第五とうしょう、とたんのメタル。」

「わたしのはしゃっぽのうたです。」それはあの入口から三ばん目の木でした。

「よろしい。はじめ。」

「うこんしゃっぽのカンカラカンのカアン
あかいしゃっぽのカンカラカンのカアン。」

「うまいうまい。すてきだ。わあわあ。」

「第六とうしょう、にせがねメタル。」

このときまで、しかたなくおとなしく聞いていた清作が、いきなり叫びだしました。

「なんだ、この歌にせものだぞ。さっきひとのうたったのまねしたんだぞ。」

「だまれ、無礼もの、その方などの口を出すところでない。」柏の木大王がぶりぶりしてどなりました。

「なんだと、にせものだからにせものと云ったんだ。生意気いうと、あした斧《おの》をもってきて、片っぱしから伐《き》ってしまうぞ。」

「なにを、こしゃくな。その方などの分際でない。」

「ばかを云え、おれはあした、山主の藤助《とうすけ》にちゃんと二升酒を買ってくるんだ」

「そんならなぜおれには買わんか。」

「買ういわれがない。」

「買え。」

「いわれがない。」

「よせ、よせ、にせものだからにせがねのメタルをやるんだ。あんまりそう喧《けん》嘩《か》するなよ。さあ、そのつぎはどうだ。出るんだ出るんだ。」

お月さまの光が青くすきとおってそこらは湖の底のようになりました。

「わたしのは清作のうたです。」

またひとりの若い頑丈《がんじょう》そうな柏の木が出ました。

「何だと、」清作が前へ出てなぐりつけようとしましたら画かきがとめました。

「まあ、待ちたまえ。君のうただって悪口《わるぐち》ともかぎらない。よろしい。はじめ。」

柏の木は足をぐらぐらしながらうたいました。

「清作は、一等卒の服を着て
野原に行って、ぶどうをたくさんとってきた。

と斯《こ》うだ。だれかあとをつづけてくれ。」

「ホウ、ホウ。」柏の木はみんなあらしのように、清作をひやかして叫びました。

「第七《しち》とうしょう、なまりのメタル。」

「わたしがあとをつけます。」さっきの木のとなりからすぐまた一本の柏の木がとびだしました。

「よろしい、はじめ。」

かしわの木はちらっと清作の方を見て、ちょっとばかにするようにわらいましたが、すぐまじめになってうたいました。

「清作は、葡萄《ぶどう》をみんなしぼりあげ
砂糖を入れて
瓶《びん》にたくさんつめこんだ。

おい、だれかあとをつづけてくれ。」

「ホッホウ、ホッホウ、ホッホウ、」柏の木どもは風のような変な声をだして清作をひやかしました。

清作はもうとびだしてみんなかたっぱしからぶんなぐってやりたくてむずむ

ずしましたが、画かきがちゃんと前へ立ちふさがっていますので、どうしても出られませんでした。

「第八等、ぶりきのメタル。」

「わたしがつぎをやります。」さっきのとなりから、また一本の柏の木がとびだしました。

「よし、はじめっ。」

「清作が　納屋《なや》にしまった葡萄酒は
順序ただしく
みんなはじけてなくなった。」

「わっはっはっは、わっはっはっは、ホッホウ、ホッホウ、ホッホウ。がやがやがや……。」

「やかましい。きさまら、なんだってひとの酒のことなどおぼえてやがるんだ。」清作が飛び出そうとしましたら、画かきにしっかりつかまりました。

「第九《く》とうしょう。マッチのメタル。さあ、次だ、次だ、出るんだよ。どしどし出るんだ。」

ところがみんなは、もうしんとしてしまって、ひとりもでるものがありませんでした。

「これはいかん。でろ、でろ、みんなでないといかん。でろ。」画かきはどなりましたが、もうどうしても誰《たれ》も出ませんでした。

仕方なく画かきは、

「こんどはメタルのうんといいやつを出すぞ。早く出ろ。」と云いましたら、柏の木どもははじめてざわっとしました。

そのとき林の奥《おく》の方で、さらさらさらさら音がして、それから、

「のろづきおほん、のろづきおほん、
おほん、おほん、
ごぎのごぎのおほん、
おほん、おほん、」

とたくさんのふくろうどもが、お月さまのあかりに青じろくはねをひるがえしながら、するするする出てきて、柏の木の頭の上や手の上、肩《かた》やむねにいちめんにとまりました。

立派な金モールをつけたふくろうの大将が、上手に音もたてないで飛んできて、柏の木大王の前に出ました。そのまっ赤な眼《め》のくまが、じつに奇体《きたい》に見え

ました。よほど年老《としよ》りらしいのでした。

「今晩は、大王どの、また高貴の客人がた、今晩はちょうどわれわれの方でも、飛び方と握《つか》み裂《さ》き術との大試験であったのじゃが、ただいまやっと終りましたじゃ。

ついてはこれから連合《れんごう》で、大乱舞会《だいらんぶかい》をはじめてはどうじゃろう。あまりにもたえなるうたのしらべが、われらのまどいのなかにまで響《ひび》いて来たによって、このようにまかり出ましたのじゃ。」

「たえなるうたのしらべだと、畜生《ちくしょう》。」清作が叫《さけ》びました。

柏の木大王がきこえないふりをして大きくうなずきました。

「よろしゅうござる。しごく結構《けっこう》でござろう。いざ、早速とりはじめるといたそうか。」

「されば、」梟《ふくろう》の大将はみんなの方に向いてまるで黒砂糖のような甘《あま》ったるい声でうたいました。

「からすかんざえもんは
くろいあたまをくうらりくらり、
とんびとうざえもんは

あぶら一升《しょう》でとうろりとろり、
そのくらやみはふくろうの
いさみにいさむもののふが
みみずをつかむときなるぞ
ねとりを襲《おそ》うときなるぞ。」
ふくろうどもはもうみんなばかのようになってどなりました。
「のろづきおほん、
おほん、おほん、
ごぎのごぎおほん、
おほん、おほん。」
かしわの木大王が眉《まゆ》をひそめて云いました。
「どうもきみたちのうたは下等じゃ。君子《くんし》のきくべきものではない。」
ふくろうの大将はへんな顔をしてしまいました。すると赤と白の綬《じゅ》をかけたふくろうの副官が笑って云いました。
「まあ、こんやはあんまり怒らないようにいたしましょう。うたもこんどは上等のをやりますから。みんな一しょにおどりましょう。さあ木の方《ほう》も鳥の方《ほう》も

用意いいか。
おつきさんおつきさん　まんまるまるるるん
おほしさんおほしさん　ぴかりぴりるるん
かしわはかんかの　　かんからからららん
ふくろはのろづき　　おっほほほほほほん。」
かしわの木は両手をあげてそりかえったり、頭や足をまるで天上に投げあげるようにしたり、一生けん命踊《おど》りました。それにあわせてふくろうどもは、さっさっと銀いろのはねを、ひらいたりとじたりしました。じつにそれがうまく合ったのでした。月の光は真珠《しんじゅ》のように、すこしおぼろになり、柏の木大王もよろこんですぐうたいました。
「雨はざあざあ　ざっざざざざざあ
風はどうどう　どっどどどどどう
あられぱらぱらぱらぱらったたあ
雨はざあざあ　ざっざざざざざあ」
「あっだめだ、霧《きり》が落ちてきた。」とふくろうの副官が高く叫びました。
なるほど月はもう青白い霧にかくされてしまってぼおっと円く見えるだけ、

その霧はまるで矢のように林の中に降りてくるのでした。

柏《かしわ》の木はみんな度をうしなって、片脚《かたあし》をあげたり両手をそっちへのばしたり、眼をつりあげたりしたまま化石したようにつっ立ってしまいました。

冷たい霧がさっと清作の顔にかかりました。画《え》かきはもうどこへ行ったか赤いしゃっぽだけがほうり出してあって、自分はかげもかたちもありませんでした。

霧の中を飛ぶ術のまだできていないふくろうの、ばたばた遁《に》げて行く音がしました。

清作はそこで林を出ました。柏の木はみんな踊《おどり》のままの形で残念そうに横眼で清作を見送りました。

林を出てから空を見ますと、さっきまでお月さまのあったあたりはやっとぼんやりあかるくて、そこを黒い犬のような形の雲がかけて行き、林のずうっと向うの沼森のあたりから、「赤いしゃっぽのカンカラカンのカアン。」と画かきが力いっぱい叫んでいる声がかすかにきこえました。

KASHIWABAYASHI no YORU
KENJI MANDARA·EX LIBRIS

「かしわばやしの夜」を読んで

清作が稗の根もとに土をかけ、日暮になったからさあ帰ろうとすると、「いきなり、向うの柏《かしわ》ばやしの方から、まるで調子はずれの途方《とほう》もない変な声で、『欝金《うこん》しゃっぽのカンカラカンのカアン。』となるのがきこえました。」

清作でなくても、誰だってびっくりするでしょう。しかも声の主は、「赤いトルコ帽《ぼう》をかぶり、鼠《ねずみ》いろのへんなだぶだぶの着ものを着て、靴《くつ》をはいた無暗《むやみ》にせいの高い眼《め》のするどい画《え》かき」なのです。なんともちぐはぐな姿で、しかもなぜかぷんぷん怒っているのです。

鬱金シャッポというのは、ウコンという植物の根を煎《せん》じた濃い黄色で染めた帽子のことですが、周囲の情況にはまったくそぐわない画かきの不意の出現に、変な童話だなと思い、話がどう展開するのだろうと、好奇心をかきたてられます。

最初一通り読んだ後で、やはり赤いシャッポの画かきは何者なのか、さっぱりわかりませんでした。しかも、この変な画かきは柏の木大王に「夏のおどりの第三夜」に招待されており、逆に一生懸命に働いている清作はなぜか柏の木々に嫌われているのです。なぜなのでしょうか。でもわからんところも多いし、変な童話だと思いながらも、いつしかそこはかとなくただよっているユーモアを感じ、なんとなく楽しくなって、自分も盆踊りにとび入り参加するように、夏のおどりに参加したくなります。

この童話は、賢治さんの思想をユーモアにくるんで、人、動物

（ふくろう）、植物（柏）、空（月、雲）、大地（踊りの舞台）が、おのおのの特徴を生かしながら、平等《びょうどう》の立場で混然一体《こんぜんいったい》となって、夏のおどりの第三夜に踊りを楽しむ情景として描こうとしたものです。

「生きものみな兄弟」という、賢治さんの世界観がよく表れています。お月さんも、いのちをもった存在として、ときいろの普段着《ふだんぎ》をみずいろの上等のきものに着がえ、夏のおどりの舞台照明係を担当しています。ただ、清作だけは、夏のおどりの第三夜に心よく迎えられていません。赤いトルコ帽の画かきは柏の木大王から招待状をもらっており、「どの木も画かきには機嫌《きげん》のいい顔をしますが、清作にはいやな顔を見せる」のです。

「一本のごつごつした柏の木が、清作の通るとき、うすくらがりに、いきなり自分の脚をつき出して、つまずかせようと」意地悪します。

あるいは、「せらせらせら清作、せらせらせらばあ。」とうす気味のわるい声を出して清作をおどそうとします。

清作は画かきのように正式に招待されもしないのに、勝手にのこのことやってくるとは、厚かましいぞ、という理由からでもなさそうです。なぜ嫌われているのかという理由は、はっきりしています。柏の木を九十八本伐ったからです。

柏の木大王に前科九十八犯だととがめられて、清作は山の所有者の藤助から酒二升で買ったのだから、当然の行為だと主張します。

しかし柏の木大王は、自分の領地の柏の木を伐ったのだから、酒二升は私に払うべきだと、清作をなじります。

清作は柏の木大王の言っている意味がまったく理解できていません。あやうくけんかになりそうな雰囲気になったので、画かきが仲裁に入り、ひとまずおさまりました。

清作は百姓か木樵《きこ》りかどちらなのでしょうが、自然を利用して生活しています。柏の葉は、古来から食べ物を盛る器として使われていました。無暗にたくさん葉をとらなければ、柏の木にはさして損害は与えません。しかし、清作はたぶん柏の木を薪《たきぎ》か炭焼き用に使っているのでしょうから、柏の木をまるごと伐ることになります。

この場合、清作が『狼森《オイノもり》と笊森《ざるもり》、盗森《ぬすともり》』の百姓たちのように、「すこし木貰ってもいいかあ」と、森に許可を求める謙虚な心を持ち、許可してもらったお礼として酒二升持って行けば、柏の木大王もその他の柏の木も、意地悪なんかしないで、こころよく「夏のおどりの第三夜」に画かきと共に迎えてくれたことでしょう。

一方、なぜ画かきは客として招かれ、みんなに機嫌よく迎えられたのでしょうか。

画かきは自然の姿をカンバスに描きます。その際、写真のようにありのままの姿を、細部に至るまで忠実に写しとるのではなく、自然の中にひそんでいる美を抽出し、絵として表現する人です。柏ばやしの美しさを、きっと描いたことがあるのでしょう。この画かきは服装といい行動といい大分変った人物のようですから、柏ばやしをどう描いたのか、絵を見たいものですね。

この場合大切なことは、柏の木を利用しているが柏をまったく損わない、ということです。その上、柏ばやしの美しさを世の人々に知らせてくれるのですから、柏の木にとってはありがたい存在なのです。だから、夏の祭りに招待されたのです。

楢《なら》、栗、柏の三樹種は、賢治さんの好きな木で、作品にたびたび登場します。いずれもブナ科の植物で、里山を構成する主要な樹種《じゅしゅ》です。柏は五月の節句に使われる柏餅として、みなさんにもおなじみの木でしょう。柏は落葉樹なので、秋の終りにはすべての葉が枯れますが、葉は落葉せずもとの位置についたままです。春になって若芽が出だすと、落葉します。枯れ葉は冬芽を寒さから守っているので、代がとぎれないようにする縁起物《えんぎもの》として大切にされてきました。

かしわ林は、木を守る葉守《はもり》の神が宿る神聖な林です。夏のおどりは、葉守の神を崇める祭のおどりなのでしょう。かしわ林を薪や炭の材料としか思っていない清作が、柏の木たちから歓迎されないのは当然です。

画かきの司会で柏の木がでまかせ歌を歌ってほうびをもらう遊びをしている時、突如ふくろうの一群がやってきました。のろづきおほんというのは、岩手地方ではふくろうの鳴き声を〝ノロヅキオホ〟とか、〝ノロスケオホ〟というので、「ごきのごぎのおほん、／おほん、おほん、」と調子づけたのでしょう。

「立派な金モールをつけたふくろうの大将が、上手に音もたてないで飛んでき」ました。ここを読んだとき、賢治さんは、フクロウの生態をよく知っているんだな、と感心しました。フクロウは地上にいるネズミやウサギなどを獲る狩人《かりゅうど》です。フクロウの特技は、飛んでいる時も、獲物を狙って空中からとびかかる時も、全く羽音《はおと》をたてないことです。ネズミもウサギも音には敏感ですから、少しでも音をたてると逃げてしまうので、音なしの構えで闇討《やみうち》が梟流の戦法です。

ふくろうの大将は、たえなる歌のしらべにひかれてきたので、いっしょに大乱舞会をしようと提案します。柏の木大王が賛成したので、梟の大将は得意の歌を甘ったるい声でうたいます。

柏の木がうっとりとなるほどうまく歌えたと思ったら、柏の木大王に「下等じゃ。君子《くんし》のきくべきものではない」とけなされます。

梟の大将はどうしてかわからず、へんな顔をして次の言葉がでません。

じつはこの歌は、狩りに出かける時の歌なんですね。「ねとり」は寝鳥のことで、この歌を聞くとふくろうたちは元気づき、あふれる勇気に身ぶるいするのです。梟の大将は、柏たちもきっとこの歌を聞いて感激してくれるだろうと思い、とくに甘ったるい声で歌ったのです。

ところが柏の木大王は感激するどころか、逆に心がおだやかではありません。狩りは動物のいのちを奪う行為ですから、「下等で、君子のきくべきものではない」のです。

ふくろうの副官は柏の木大王の気持を察して、木も鳥にもさしつかえのない歌をうたいます。柏の木大王もよろこんで、踊りながら、調子にのって、自分の大好きな雨の歌をうたいました。

雨は柏はもちろん植物たちは大歓迎です。しかし、ふくろうにとっては雨は羽をぬらすので飛翔《ひしょう》を妨げるし、狩りにも出かけられない。雨は嫌いなものの一つです。柏の木大王はそんなことに気がつかず、自分が大好きな歌は梟たちも好きだろうと思いこんでいたのです。

突如深い霧が空から降りてきました。ふくろうの副官はめざとくそれに気がつき、柏の木大王の歌が呼びよせたと思い、つづいてきっと大雨がくるぞと予想し、「あっだめだ」と叫んだのです。ふくろうたちは危険を感じて大あわてで逃げて行きました。

（賢治さんのつぶやきが聞こえてくるようです。「生きもの皆きょうだい」とは言え、みんなそれぞれの暮らし方や好み、生き方が違うから、みんなが本当に仲よくなるということは大変なことなんだなあ！）

FUTAGO no HOSHI(I)
KENJI MANDARA·EX LIBRIS

双子《ふたご》の星

双子の星　一

天《あま》の川《がわ》の西の岸にすぎなの胞子《ほうし》ほどの小さな二つの星が見えます。あれはチュンセ童子とポウセ童子という双子のお星さまの住んでいる小さな水精《すいしょう》のお宮です。

　このすきとおる二つのお宮は、まっすぐに向い合っています。夜は二人とも、きっとお宮に帰って、きちんと座《すわ》り、空の星めぐりの歌に合せて、一晩銀笛《ぎんてき》を吹《ふ》くのです。それがこの双子のお星様の役目でした。

　ある朝、お日様がカツカツカツと厳《おごそ》かにお身体《からだ》をゆすぶって、東から昇《のぼ》っておいでになった時、チュンセ童子は銀笛を下に置いてポウセ童子に申しました。

「ポウセさん。もういいでしょう。お日様もお昇りになったし、雲もまっ白に光っています。今日は西の野原の泉へ行きませんか。」

ポウセ童子が、まだ夢中《むちゅう》で、半分眼《め》をつぶったまま、銀笛を吹いていますので、チュンセ童子はお宮から下りて、沓《くつ》をはいて、ポウセ童子のお宮の段にのぼって、もう一度云《い》いました。

「ポウセさん。もういいでしょう。東の空はまるで白く燃えているようですし、下では小さな鳥なんかもう目をさましている様子です。今日は西の野原の泉へ行きませんか。そして、風車《かざぐるま》で霧《きり》をこしらえて、小さな虹《にじ》を飛ばして遊ぼうではありませんか。」

ポウセ童子はやっと気がついて、びっくりして笛を置いて云いました。

「あ、チュンセさん。失礼いたしました。もうすっかり明るくなったんですね。僕《ぼく》今すぐ沓をはきますから。」

そしてポウセ童子は、白い貝殻《かいがら》の沓をはき、二人は連れだって空の銀の芝原《しばはら》を仲よく歌いながら行きました。

「お日さまの、
お通りみちを　はき浄《きよ》め、
ひかりをちらせ　あまの白雲。
お日さまの、

お通りみちの　石かけを
深くうずめよ、あまの青雲。」

そしてもういつか空の泉に来ました。

この泉は霽《は》れた晩には、下からはっきり見えます。天の川の西の岸から、よほど離《はな》れた処《ところ》に、青い小さな星で円くかこまれてあります。底は青い小さなつぶ石でたいらにうずめられ、石の間から奇麗《きれい》な水が、ころころころ湧《わ》き出して泉の一方のふちから天の川へ小さな流れになって走って行きます。私共の世界が旱《ひでり》の時、瘠《や》せてしまった夜鷹《よだか》やほととぎすなどが、それをだまって見上げて、残念そうに咽喉《のど》をくびくびさせているのを時々見ることがあるではありませんか。どんな鳥でもとてもあそこまでは行けません。けれども、天《てん》の大《おお》烏《がらす》の星や蠍《さそり》の星や兎《うさぎ》の星ならもちろんすぐ行けます。

「ポウセさんまずここへ滝《たき》をこしらえましょうか。」

「ええ、こしらえましょう。僕石を運びますから。」

チュンセ童子が沓をぬいで小流れの中に入り、ポウセ童子は岸から手ごろの石を集めはじめました。

今は、空は、りんごのいい匂《におい》で一杯《いっぱい》です。西の空に消え残った銀色のお月様が吐《は》いたのです。

ふと野原の向うから大きな声で歌うのが聞えます。

「あまのがわの　にしのきしを、
すこしはなれた　そらの井戸。

みずはころろ、そこもきらら、
まわりをかこむ　あおいほし。

夜鷹ふくろう、ちどり、かけす、
来よとすれども、できもせぬ。」

「あ、大烏の星だ。」童子たちは一緒《いっしょ》に云いました。

もう空のすすきをざわざわと分けて大烏が向うから肩《かた》をふって、のっしのっしと大股《おおまた》にやって参りました。まっくろなびろうどのマントを着て、まっくろなびろうどの股引《ももひき》をはいて居《お》ります。

大烏は二人を見て立ちどまって丁寧《ていねい》にお辞儀《じぎ》しました。

「いや、今日は。チュンセ童子とポウセ童子。よく晴れて結構ですな。しかしどうも晴れると咽喉が乾《かわ》いていけません。それに昨夜《ゆうべ》は少し高く歌い過ぎましてな。ご免下さい。」と云いながら大烏は泉に頭をつき込《こ》みました。

「どうか構わないで沢山《たくさん》呑《の》んで下さい。」とポウセ童子が云いました。

大烏は息もつかずに三分ばかり咽喉を鳴らして呑んでからやっと顔をあげて一寸《ちょっと》眼をパチパチ云わせてそれからブルルッと頭をふって水を払《はら》いました。

その時向うから暴《あら》い声の歌が又《また》聞えて参りました。大烏は見る見る顔色を変えて身体《からだ》を烈《はげ》しくふるわせました。

「みなみのそらの、赤眼のさそり
毒ある鉤《かぎ》と　大きなはさみを
知らない者は　阿呆鳥《あほうどり》。」

そこで大烏が怒って云いました。

「蠍星《さそりぼし》です。畜生《ちくしょう》。阿呆鳥だなんて人をあてつけてやがる。見ろ。ここへ来たらその赤眼を抜《ぬ》いてやるぞ。」

チュンセ童子が
「大烏さん。それはいけないでしょう。王様がご存じですよ。」という間もなくもう赤い眼の蠍星が向うから二つの大きな鋏《はさみ》をゆらゆら動かし長い尾をカラカラ引いてやって来るのです。その音はしずかな天の野原中にひびきました。

大烏はもう怒ってぶるぶる顫《ふる》えて今にも飛びかかりそうです。双子の星は一生けん命手まねでそれを押《おさ》えました。

蠍は大烏を尻眼《しりめ》にかけてもう泉のふち迄這《までは》って来て云いました。

「ああ、どうも咽喉《のど》が乾いてしまった。やあ双子さん。今日は。ご免なさい。少し水を呑んでやろうかな。はてな、どうもこの水は変に土臭《つちくさ》いぞ。どこかのまっ黒な馬鹿ァが頭をつっ込んだと見える。えい。仕方ない。我慢《がまん》してやれ。」

そして蠍は十分ばかりごくりごくりと水を呑みました。その間も、いかにも大烏を馬鹿にする様に、毒の鉤のついた尾をそちらにパタパタ動かすのです。

とうとう大烏は、我慢し兼ねて羽をパッと開いて叫《さけ》びました。

「こら蠍。貴様はさっきから阿呆鳥だの何だのと俺《おれ》の悪口を云ったな。早くあやまったらどうだ。」

蠍がやっと水から頭をはなして、赤い眼をまるで火が燃えるように動かしました。

「へん。誰《たれ》か何か云ってるぜ。赤いお方だろうか。鼠色《ねずみいろ》のお方だろうか。一つ鉤をお見舞《みまい》しますかな。」

大烏はかっとして思わず飛びあがって叫びました。

「何を。生意気な。空の向う側へまっさかさまに落してやるぞ。」

蠍も怒って大きなからだをすばやくひねって尾の鉤を空に突《つ》き上げました。大烏は飛びあがってそれを避《さ》け今度はくちばしを槍《やり》のようにしてまっすぐに蠍の頭をめがけて落ちて来ました。

チュンセ童子もポウセ童子もとめるすきがありません。蠍は頭に深い傷を受け、大烏は胸を毒の鉤でさされて、両方ともウンとうなったまま重なり合って気絶してしまいました。

蠍の血がどくどく空に流れて、いやな赤い雲になりました。

チュンセ童子が急いで沓《くつ》をはいて、申しました。

「さあ大変だ。大烏には毒がはいったのだ。早く吸いとってやらないといけない。ポウセさん。大烏をしっかり押えていて下さいませんか。」

ポウセ童子も沓をはいてしまっていそいで大烏のうしろにまわってしっかり押えました。チュンセ童子が大烏の胸の傷口に口をあてました。ポウセ童子が申しました。

「チュンセさん。毒を呑んではいけませんよ。すぐ吐き出してしまわないといけませんよ。」

チュンセ童子が黙《だま》って傷口から六遍《ぺん》ほど毒のある血を吸ってはき出しました。

すると大烏がやっと気がついて、うすく目を開いて申しました。

「あ、どうも済みません。私はどうしたのですかな。たしか野郎《やろう》をし止めたのだが。」

チュンセ童子が申しました。

「早く流れでその傷口をお洗いなさい。歩けますか。」

大烏はよろよろ立ちあがって蠍を見て又身体《からだ》をふるわせて云いました。

「畜生。空の毒虫め。空で死んだのを有り難《がた》いと思え。」

二人は大烏を急いで流れへ連れて行きました。そして奇麗《きれい》に傷口を洗ってやって、その上、傷口へ二三度香《かぐわ》しい息を吹きかけてやって云いました。

「さあ、ゆるゆる歩いて明るいうちに早くおうちへお帰りなさい。これからこんな事をしてはいけません。王様はみんなご存じですよ。」

大烏はすっかり悄気《しょげ》て翼《つばさ》を力なく垂れ、何遍もお辞儀をして
「ありがとうございます。ありがとうございます。これからは気をつけます。」

と云いながら脚《あし》を引きずって銀のすすきの野原を向うへ行ってしまいました。

二人は蠍を調べて見ました。頭の傷はかなり深かったのですがもう血がとまっています。二人は泉の水をすくって、傷口にかけて奇麗《きれい》に洗いました。そ

して交《かわ》る交《がわ》るふっふっと息をそこへ吹き込みました。

お日様が丁度空のまん中においでになった頃《ころ》蠍はかすかに目を開きました。

ポウセ童子が汗をふきながら申しました。

「どうですか気分は。」

蠍がゆるく呟《つぶや》きました。

「大烏めは死にましたか。」

チュンセ童子が少し怒って云いました。

「まだそんな事を云うんですか。あなたこそ死ぬ所でした。さあ早くうちへ帰る様に元気をお出しなさい。明るいうちに帰らなかったら大変ですよ。」

蠍が目を変に光らして云いました。

「双子さん。どうか私を送って下さいませんか。お世話の序《ついで》です。」

ポウセ童子が云いました。

「送ってあげましょう。さあおつかまりなさい。」

チュンセ童子も申しました。

「そら、僕にもおつかまりなさい。早くしないと明るいうちに家に行けません。そうすると今夜の星めぐりが出来なくなります。」

蠍《さそり》は二人につかまってよろよろ歩き出しました。二人の肩《かた》の骨は曲りそうになりました。実に蠍のからだは重いのです。大きさから云っても童子たちの十倍位はあるのです。

けれども二人は顔をまっ赤にしてこらえて一足ずつ歩きました。

蠍は尾をギーギーと石ころの上に引きずっていやな息をはあはあ吐いてよろりよろりとあるくのです。一時間に十町とも進みません。

もう童子たちは余り重い上に蠍の手がひどく食い込《こ》んで痛いので、肩や胸が自分のものかどうかもわからなくなりました。

空の野原はきらきら白く光っています。七つの小流れと十の芝原《しばはら》とを過ぎました。

童子たちは頭がぐるぐるしてもう自分が歩いているのか立っているのかわかりませんでした。それでも二人は黙ってやはり一足ずつ進みました。

さっきから六時間もたっています。蠍の家まではまだ一時間半はかかりましょう。もうお日様が西の山にお入りになる所です。

「もう少し急げませんか。私らも、もう一時間半のうちにおうちへ帰らないといけないんだから。けれども苦しいんですか。大変痛みますか。」とポウセ童子が申しました。

「へい。も少しでございます。どうかお慈悲《じひ》でございます。」と蠍が泣きました。

「ええ。も少しです。傷は痛みますか。」とチュンセ童子が肩の骨の砕《くだ》けそうなのをじっとこらえて申しました。

お日様がもうサッサッサッと三遍厳《おごそ》かにゆらいで西の山にお沈《しず》みになりました。

「もう僕《ぼく》らは帰らないといけない。困ったな。ここらの人は誰《たれ》か居ませんか。」ポウセ童子が叫びました。天の野原はしんとして返事もありません。

西の雲はまっかにかがやき蠍の眼《め》も赤く悲しく光りました。光の強い星たちはもう銀の鎧《よろい》を着て歌いながら遠くの空へ現われた様子です。

「一つ星めつけた。長者《ちょうじゃ》になあれ。」下で一人の子供がそっちを見上げて叫んでいます。

チュンセ童子が
「蠍さん。も少しです。急げませんか。疲《つか》れましたか。」と云いました。

蠍が哀《あわ》れな声で、

「どうもすっかり疲れてしまいました。どうか少しですからお許し下さい。」

と云います。

「星さん星さん一つの星で出ぬもんだ。

千も万もでるもんだ。」

下で別の子供が叫んでいます。もう西の山はまっ黒です。あちこち星がちらちら現われました。

チュンセ童子は背中がまがってまるで潰《つぶ》れそうになりながら云いました。

「蠍さん。もう私らは今夜は時間に遅《おく》れました。きっと王様に叱《しか》られます。事によったら流されるかも知れません。けれどもあなたがふだんの所に居なかったらそれこそ大変です。」

ポウセ童子が
「私はもう疲れて死にそうです。蠍さん。もっと元気を出して早く帰って行って下さい。」と云いながらとうとうバッタリ倒《たお》れてしまいました。蠍は泣いて云いました。

「どうか許して下さい。私は馬鹿です。あなた方の髪《かみ》の毛一本にも及《およ》びません。きっと心を改めてこのおわびは致《いた》します。きっといたします。」

この時水色の烈《はげ》しい光の外套《がいとう》を着た稲妻《いなずま》が、向うからギラッとひらめいて飛んで来ました。そして童子たちに手をついて申しました。

「王様のご命でお迎《むか》いに参りました。さあご一緒《いっしょ》に私のマントへおつかまり下さい。もうすぐお宮へお連れ申します。王様はどう云う訳かさっきからひどくお悦《よろこ》びでございます。それから、蠍。お前は今まで憎《にく》まれ者だったな。さあこの薬を王様から下すったんだ。飲め。」

童子たちは叫《さけ》びました。

「それでは蠍さん。さよなら。早く薬をのんで下さい。それからさっきの約束《やくそく》ですよ。きっとですよ。さよなら。」

そして二人は一緒に稲妻のマントにつかまりました。蠍が沢山《たくさん》の手をついて平伏《へいふく》して薬をのみそれから丁寧《ていねい》にお辞儀《じぎ》をします。

稲妻がぎらぎらっと光ったと思うともういつかさっきの泉のそばに立って居《お》りました。そして申しました。

「さあ、すっかりおからだをお洗いなさい。王様から新らしい着物と沓《くつ》を下さいました。まだ十五分間《ま》があります。」

双子のお星様たちは悦んでつめたい水晶《すいしょう》のような流れを浴び、匂《におい》のいい青光りのうすものの衣《ころも》を着け新らしい白光りの沓をはきました。するともう身体《からだ》の痛みもつかれも一遍にとれてすがすがしてしまいました。

「さあ、参りましょう。」と稲妻が申しました。そして二人が又《また》そのマントに取りつきますと紫色《むらさきいろ》の光が一遍ぱっとひらめいて童子たちはもう自分のお宮の前に居ました。稲妻はもう見えません。

「チュンセ童子、それでは支度《したく》をしましょう。」

「ポウセ童子、それでは支度をしましょう。」

二人はお宮にのぼり、向き合ってきちんと座《すわ》り銀笛《ぎんてき》をとりあげました。

丁度あちこちで星めぐりの歌がはじまりました。

「あかいめだまの　さそり
ひろげた鷲《わし》の　つばさ
あおいめだまの　小いぬ、
ひかりのへびの　とぐろ。

オリオンは高く　うたい
つゆとしもとを　おとす、

アンドロメダの　くもは
さかなのくちの　かたち。

大ぐまのあしを　きたに
五つのばした　ところ。
小熊《こぐま》のひたいの　うえは
そらのめぐりの　めあて。」

双子のお星様たちは笛を吹《ふ》きはじめました。

双子《ふたご》の星　二

（天《あま》の川《がわ》の西の岸に小さな小さな二つの青い星が見えます。あれはチュンセ童子とポウセ童子という双子のお星様でめいめい水精《すいしょう》でできた小さなお宮に住んでいます。

二つのお宮はまっすぐに向い合っています。夜は二人ともきっとお宮に帰ってきちんと座ってそらの星めぐりの歌に合せて一晩銀笛を吹くのです。それがこの双子のお星様たちの役目でした。)

ある晩空の下の方が黒い雲で一杯《いっぱい》に埋《う》まり雲の下では雨がザアッザアッと降って居《お》りました。それでも二人はいつものようにめいめいのお宮にきちんと座って向いあって笛を吹いていますと突然《とつぜん》大きな乱暴ものの彗星《ほうきぼし》がやって来て二人のお宮にフッフッと青白い光の霧《きり》をふきかけて云《い》いました。

「おい、双子の青星。すこし旅に出て見ないか。今夜なんかそんなにしなくてもいいんだ。いくら難船の船乗りが星で方角を定《さだ》めようたって雲で見えはしない。天文台の星の係りも今日は休みであくびをしてる。いつも星を見ているあの生意気な小学生も雨ですっかりへこたれてうちの中で絵なんか書いてるんだ。お前たちが笛なんか吹かなくたって星はみんなくるくるまわるさ。どうだ。一寸《ちょっと》旅へ出よう。あしたの晩方までにはここに連れて来てやるぜ。」

チュンセ童子が一寸笛をやめて云いました。

「それは曇《くも》った日は笛をやめてもいいと王様からお許しはあるとも。私らはただ面白《おもしろ》くて吹いていたんだ。」

ポウセ童子も一寸笛をやめて云いました。

「けれども旅に出るなんてそんな事はお許しがないはずだ。雲がいつはれるかもわからないんだから。」

彗星《ほうきぼし》が云いました。

「心配するなよ。王様がこの前俺《おれ》にそう云ったぜ。いつか曇った晩あの双子を少し旅させてやって呉《く》れってな。行こう。行こう。俺なんか面白いぞ。俺のあだ名は空の鯨《くじら》と云うんだ。知ってるか。俺は鰯《いわし》のようなヒョロヒョロの星やめだかのような黒い隕石《いし》はみんなパクパク呑《の》んでしまうんだ。それから一番痛快なのはまっすぐに行ってそのまままっすぐに戻《もど》る位ひどくカーブを切って廻《まわ》るときだ。まるで身体《からだ》が壊《こわ》れそうになってミシミシ云うんだ。光の骨までカチカチ云うぜ。」

ポウセ童子が云いました。

「チュンセさん。行きましょうか。王様がいいっておっしゃったそうですから。」

チュンセ童子が云いました。

「けれども王様がお許しになったなんて一体本当でしょうか。」

彗星が云いました。

「へん。偽《うそ》なら俺の頭が裂《さ》けてしまうがいいさ。頭と胴と尾とばらばらになって海へ落ちて海鼠《なまこ》にでもなるだろうよ。偽なんか云うもんか。」

ポウセ童子が云いました。

「そんなら王様に誓《ちか》えるかい。」

彗星はわけもなく云いました。

「うん、誓うとも。そら、王様ご照覧。ええ今日、王様のご命令で双子の青星は旅に出ます。ね。いいだろう。」

二人は一緒《いっしょ》に云いました。

「うん。いい。そんなら行こう。」

そこで彗星がいやに真面目《まじめ》くさって云いました。

「それじゃ早く俺のしっぽにつかまれ。しっかりとつかまるんだ。さ。いいか。」

二人は彗星のしっぽにしっかりつかまりました。彗星は青白い光を一つフウとはいて云いました。

「さあ、発《た》つぞ。ギイギイギイフウ。ギイギイフウ。」

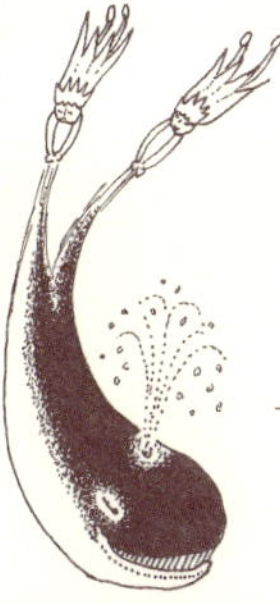

実に彗星は空のくじらです。弱い星はあちこち逃《に》げまわりました。もう大分来たのです。二人のお宮もはるかに遠く遠くなってしまい今は小さな青白い点にしか見えません。

チュンセ童子が申しました。

「もう余程《よほど》来たな。天の川の落ち口はまだだろうか。」

すると彗星の態度がガラリと変ってしまいました。

「へん。天の川の落ち口よりお前らの落ち口を見ろ。それ一《ひ》い二《ふ》の三《み》。」

彗星は尾を強く二三遍《べん》動かしおまけにうしろをふり向いて青白い霧を烈《はげ》しくかけて二人を吹き落してしまいました。

二人は青ぐろい虚空《こくう》をまっしぐらに落ちました。

彗星は、

「あっはっは、あっはっは。さっきの誓いも何もかもみんな取り消しだ。ギイギイギイ、フウ。ギイギイフウ。」と云いながら向うへ走って行ってしまいました。二人は落ちながらしっかりお互《たがい》の肱《ひじ》をつかみました。この双子のお星様はどこ迄《まで》でも一緒に落ちようとしたのです。

二人のからだが空気の中にはいってからは雷《かみなり》のように鳴り赤い火花がパチパ

チあがり見ていてさえめまいがする位でした。そして二人はまっ黒な雲の中を通り暗い波の咆《ほ》えていた海の中に矢のように落ち込みました。

二人はずんずん沈《しず》みました。けれども不思議なことには水の中でも自由に息ができたのです。

海の底はやわらかな泥《どろ》で大きな黒いものが寝《ね》ていたりもやもやの藻《も》がゆれたりしました。

チュンセ童子が申しました。

「ポウセさん。ここは海の底でしょうね。もう僕《ぼく》たちは空に昇《のぼ》れません。これからどんな目に遭《あ》うでしょう。」

ポウセ童子が云いました。

「僕らは彗星に欺《だま》されたのです。彗星は王さまへさえ偽《うそ》をついたのです。本当に憎《にく》いやつではありませんか。」

するとすぐ足もとで星の形で赤い光の小さなひとでが申しました。

「お前さんたちはどこの海の人たちですか。お前さんたちは青いひとでのしるしをつけていますね。」

ポウセ童子が云いました。

「私らはひとでではありません。星ですよ。」

するとひとでが怒《おこ》って云いました。

「何だと。星だって。ひとではもとはみんな星さ。お前たちはそれじゃ今やっとここへ来たんだろう。何だ。それじゃ新米のひとでだ。ほやほやの悪党だ。悪いことをしてここへ来ながら星だなんて鼻にかけるのは海の底でははやらないさ。おいらだって空に居た時は第一等の軍人だぜ。」

ポウセ童子が悲しそうに上を見ました。

もう雨がやんで雲がすっかりなくなり海の水もまるで硝子《ガラス》のように静まってそらがはっきり見えます。天の川もそらの井戸も鷲《わし》の星や琴弾《ことひ》きの星やみんなはっきり見えます。小さく小さく二人のお宮も見えます。

「チュンセさん。すっかり空が見えます。私らのお宮も見えます。それだのに私らはとうとうひとでになってしまいました。」

「ポウセさん。もう仕方ありません。ここから空のみなさんにお別れしましょう。またおすがたは見えませんが王様におわびをしましょう。」

「王様さよなら。私共は今日からひとでになるのでございます。」

「王様さよなら。ばかな私共は彗星《ほうきぼし》に欺《だま》されました。今日からはくらい海の底の泥を私共は這《は》いまわります。」

「さよなら王様。又《また》天上の皆さま。おさかえを祈《いの》ります。」

「さよならみな様。又すべての上の尊い王さま、いつまでもそうしておいで下さい。」

赤いひとでが沢山《たくさん》集って来て二人を囲んでがやがや云って居りました。

「こら着物をよこせ。」「こら。剣を出せ。」「税金を出せ。」「もっと小さくなれ。」「俺《おれ》の靴《くつ》をふけ。」

その時みんなの頭の上をまっ黒な大きな大きなものがゴーゴーゴーと哮《ほ》えて通りかかりました。ひとではあわててみんなお辞儀《じぎ》をしました。黒いものは行き過ぎようとしてふと立ちどまってよく二人をすかして見て云いました。

「ははあ、新兵だな。まだお辞儀のしかたも習わないのだな。このくじら様を知らんのか。俺のあだなは海の彗星《ほうきぼし》と云うんだ。知ってるか。俺は鰯《いわし》のようなひょろひょろの魚やめだかの様なめくらの魚はみんなパクパク呑《の》んでしまうんだ。それから一番痛快なのはまっすぐに行ってぐるっと円を描いてまっすぐにかえる位ゆっくりカーブを切るときだ。まるでからだの油がねとねとするぞ。さて、お前は天からの追放の書き付けを持って来たろうな。早く出せ。」

二人は顔を見合せました。チュンセ童子が
「僕らはそんなもの持たない。」と申しました。

すると鯨《くじら》が怒って水を一つぐうっと口から吐《は》きました。ひとではみんな顔色を変えてよろよろしましたが二人はこらえてしゃんと立っていました。

鯨が怖《こわ》い顔をして云いました。

「書き付けを持たないのか。悪党め。ここに居るのはどんな悪いことを天上でして来たやつでも書き付けを持たなかったものはないぞ。貴様らは実にけしからん。さあ。呑んでしまうからそう思え。いいか。」鯨は口を大きくあけて身構えしました。ひとでや近所の魚は巻き添《ぞ》えを食っては大変だと泥の中にもぐり込んだり一もくさんに逃げたりしました。

その時向うから銀色の光がパッと射《さ》して小さな海蛇《うみへび》がやって来ます。くじらは非常に愕《おど》ろいたらしく急いで口を閉めました。

海蛇は不思議そうに二人の頭の上をじっと見て云いました。

「あなた方はどうしたのですか。悪いことをなさって天から落とされたお方ではないように思われますが。」

鯨が横から口を出しました。

「こいつらは追放の書き付けも持ってませんよ。」

海蛇が凄《すご》い目をして鯨をにらみつけて云いました。

「黙《だま》っておいで。生意気な。このお方がたをこいつらなんてお前がどうして云えるんだ。お前には善《よ》い事をしていた人の頭の上の後光が見えないのだ。悪い事をしたものなら頭の上に黒い影法師《かげぼうし》が口をあいているからすぐわかる。お星さま方。こちらへお出《い》で下さい。王の所へご案内申しあげましょう。おい、ひとで。あかりをともせ。こら、くじら。あんまり暴れてはいかんぞ。」

　くじらが頭をかいて平伏《へいふく》しました。

　愕ろいた事には赤い光のひとでが幅《はば》のひろい二列にぞろっとならんで丁度街道のあかりのようです。

「さあ、参りましょう。」海蛇は白髪《はくはつ》を振《ふ》って恭々《うやうや》しく申しました。二人はそれに続いてひとでの間を通りました。まもなく蒼《あお》ぐろい水あかりの中に大きな白い城の門があってその扉《と》がひとりでに開いて中から沢山の立派な海蛇が出て参りました。そして双子のお星さまだちは海蛇の王さまの前に導かれました。

王様は白い長い髯《ひげ》の生えた老人でにこにこわらって云いました。

「あなた方はチュンセ童子にポウセ童子。よく存じて居ります。あなた方が前

にあの空の蠍《さそり》の悪い心を命がけでお直しになった話はここへも伝わって居ります。私はそれをこちらの小学校の読本《とくほん》にも入れさせました。さて今度はとんだ災難で定めしびっくりなさったでしょう。」

チュンセ童子が申しました。

「これはお語誠《ことばまこと》に恐《おそ》れ入ります。私共はもう天上にも帰れませんしできます事ならこちらで何なりみなさまのお役に立ちたいと存じます。」

王が云いました。

「いやいや、そのご謙遜《けんそん》は恐れ入ります。早速竜巻《たつまき》に云いつけて天上にお送りいたしましょう。お帰りになりましたらあなたの王様に海蛇めが宜《よろ》しく申し上げたと仰《お》っしゃって下さい。」

ポウセ童子が悦《よろこ》んで申しました。

「それでは王様は私共の王様をご存じでいらっしゃいますか。」

王はあわてて椅子《いす》を下って申しました。

「いいえ、それどころではございません。王様はこの私の唯《ただ》一人の王でございます。遠いむかしから私めの先生でございます。私はあのお方の愚《おろ》かなしもべでございます。いや、まだおわかりになりますまい。けれどもやがておわかりでございましょう。それでは夜の明けないうちに竜巻にお伴致《ともいた》させます。これ、これ。支度《したく》はいいか。」

一疋《ぴき》のけらいの海蛇が
「はい、ご門の前にお待ちいたして居ります。」と答えました。

二人は丁寧《ていねい》に王にお辞儀をいたしました。

「それでは王様、ごきげんよろしゅう。いずれ改めて空からお礼を申しあげます。このお宮のいつまでも栄えますよう。」

王は立って云いました。

「あなた方もどうかますます立派にお光り下さいますよう。それではごきげんよろしゅう。」

けらいたちが一度に恭々しくお辞儀をしました。

童子たちは門の外に出ました。

竜巻が銀のとぐろを巻いてねています。

一人の海蛇が二人をその頭に載《の》せました。

二人はその角《つの》に取りつきました。

その時赤い光のひとでが沢山出て来て叫《さけ》びました。

「さよなら、どうか空の王様によろしく。私どももいつか許されますようおねがいいたします。」

二人は一緒《いっしょ》に云いました。

「きっとそう申しあげます。やがて空でまたお目にかかりましょう。」

竜巻がそろりそろりと立ちあがりました。

「さよなら、さよなら。」

竜巻はもう頭をまっくろな海の上に出しました。と思うと急にバリバリバリッと烈《はげ》しい音がして竜巻は水と一所に矢のように高く高くはせのぼりました。まだ夜があけるのに余程《よほど》間があります。天の川がずんずん近くなります。二人のお宮がもうはっきり見えます。

「一寸《ちょっと》あれをご覧なさい。」と闇《やみ》の中で竜巻が申しました。

見るとあの大きな青白い光りのほうきぼしはばらばらにわかれてしまって頭も尾も胴も別々にきちがいのような凄《すご》い声をあげガリガリ光ってまっ黒な海の中に落ちて行きます。

「あいつはなまこになりますよ。」と竜巻がしずかに云いました。

もう空の星めぐりの歌が聞えます。

そして童子たちはお宮につきました。

竜巻は二人をおろして
「さよなら、ごきげんよろしゅう」と云いながら風のように海に帰って行きました。

双子のお星さまはめいめいのお宮に昇りました。そしてきちんと座《すわ》って見えない空の王様に申しました。

「私どもの不注意からしばらく役目を欠かしましてお申し訳けございません。それにもかかわらず今晩はおめぐみによりまして不思議に助かりました。海の王様が沢山の尊敬をお伝えして呉《く》れと申されました。それから海の底のひとでがお慈悲《じひ》をねがいました。又私どもから申しあげますがなまこもしできますならお許しを願いとう存じます。」

そして二人は銀笛《ぎんてき》をとりあげました。

東の空が黄金色《きんいろ》になり、もう夜明けに間もありません。

FUTAGO no HOSHI (II)
KENJI MANDARA · EX LIBRIS

「双子の星」を読んで

よく晴れた大空には、無数の星がきらめいています。残念ながら現在の日本では、薄いながらもスモッグが空気の透明度を低め、都市では人工光の影響とで星明かりを弱めています。兵庫県立人と自然の博物館では、毎年小中高の生徒二四人にマレーシアの生徒八人が加わって、ボルネオの原生林でジャングルスクールを開催してきました。みんなが最初に感動するのは、星空の明るさです。底知れぬ暗黒の空にきらめく無数の星の美しさは、経験してみないとわかりません。活字の大きい本なら十分読めるほど明るい。

満天にきらめく星空を眺めて、西欧の古人は星座を作りあげました。その豊かな空想力には感嘆の他ありません。牛、羊、山羊《やぎ》、犬などの家畜の名をもつ星座が多いので、メソポタミアの牧人《ぼくじん》たちが、羊や山羊の群れを守りながら野宿し、大空に星座を描いて楽しんだのが始まりではないかと言われていました。しかし、その後の研究でエジプトにもあり、ギリシャでオリオンやカシオピアなどのギリシャ神話に出てくる神や人物を折りこんで現在の星座像がほぼ完成したようです。

ただ不思議なことは、星座の名がどんな理由でつけられたのかということです。例えばこいぬ座とりょうけん座。これら二つの星座はめだった二つの星をつないだだけで、形からはどうしてこの名がつけられたのか、想像することができません。北極星を含むこぐま座を見ても、クマを想像させる要素は何もありません。何かいわれがあるのでしょうが、古代人の奔放な空想力には驚かざるをえません。

日本にも、それに劣らない想像力を持った人がいます。賢治さんその人です。星座は天の生物世界と考えたのです。座を場所、あるいは家と読みかえると、こぐま座は、こぐまがいる所とかこぐまの家と見なすのです。星座は八八座ありますが、そのうち動物の名を冠したのは四二座です。どんな動物かみてみると、哺乳類が一九種類、鳥類八種類、爬虫類五種類、魚類四種類、昆虫一種類、その他二種類、竜と一角獣といった想像上の動物が三種類です。なじみのある動物が多いですが、カメレオンとか、ふうちょう（極楽鳥）、きょしし鳥（巨嘴鳥。南米にいるオオハシのこと）といった熱帯の動物も入っています。いずれも一六世紀に作られたようです。日本からは見えません。

星座動物の国には、芝の野原があり、泉が湧き出ていて、天の川というきらきら光る雄大な大河が流れています。泉からの湧水《ゆうすい》は小さな川となって天の川にそそいでいます。地上が旱《ひでり》でほとんどぎすや夜鷹ののどがからからになり、痩せて苦しんでいる時でも、豊かな水がある星座動物の国に行くことはできません。

銀河鉄道という大空を走る鉄道は、星座をめぐる鉄道なのでしょう。列車には、オリオンやカシオペア、うさぎ、うみへびなどが乗ったり降りたりしていて、さぞ幻想的な光景がくりひろげられていることでしょう。銀河鉄道は地上にも駅があります。しかし、どこにあるのか誰にもわかりません。特別の日に選ばれた人しか乗車することができないのです。

本文にもどりましょう。「双子の星」は大正七年に書かれた賢治さんの処女作で、弟たちによく読んで聞かせました。星座の一つに、双子座があります。この双子はギリシャ神話の最高神ゼウスの息子です。双子の名はポルックス（一等星）とカストルと言い、一月一日にはポルックスが黄道の上で輝くので、見つけ易いでしょう。賢治さんは双子座を思い浮かべ、この童話を書いたのだと思います。

双子の星チュンセ童子とポウセ童子というかわいい名の星は、向かいあった水精宮に住んでいて、夜は一晩中銀笛を吹くのが役目です。日中はひまなので、二人で泉へ遊びに行った時のことです。からす座の大烏とさそり座の蠍が大喧嘩をして、どちらも大傷を負います。二人は一生懸命手当をし、治してやります。

大空の星座動物の国で、大烏と赤い目の蠍が格闘し、蠍から真っ赤な血が流れる。なんという壮大な空想でしょうか。星明りの大空に、真っ赤な血が飛び散って雲を紅く染める——華麗な残忍さに私は思わず身振いしました。

うっかり呑みこめばいのちを落とす危険も顧みず、大烏の傷から蠍の毒を吸いだし、頭に大傷を負った蠍を肩にかつぎ疲れ果てて倒れそうになりながら家まで送る献身的な無償の行為と、疑うことも知らない純粋無垢な二人の童子の性格は、内面に複雑な葛藤《かっとう》をかかえていた賢治さんが生涯憧れていた境地です。

世の中には、悪い心を持った者もたくさんいます。童子たちの汚れのない無邪気さにつけこんで、悪の花を楽しむやからもいます。

「双子の星　二」はその話です。

内容は説明するまでもなく、とてもわかり易い。悪い彗星にだまされて地上の海に落とされ、ひとでたちにいじめられます。ただ純心で疑うことも知らない性格は、善の波も悪の波も混《ま》ざったこの世の荒波を乗り切るには、かえって危険な存在でもあるわけです。

賢治さんは星座の中で蠍座が好きでした。首星のアンタレスは妖しい赤い光を放ち、人を魅了するものがあります。蠍は毒をもった恐ろしい虫です。蠍の種によっては、尾の先の鉤の一刺で、人間が死に到ることもあります。賢治さんは深く心にくい入った「我が毒」に悩みました。しかし、それを無理に取り除こうとするのではなく、生涯追い求めた「まことのことば　まことのこころ」を育てる培地でもあると考えていたのだと思います。

賢治さんは「我が毒」に悩みつつ精進《しょうじん》する自分を修羅《しゅら》になぞらえていました。有名な詩「春と修羅」の一節。

　　まことのことばはうしなはれ
　雲はちぎれてそらをとぶ
ああかがやきの四月の底を
はぎしり燃えてゆききする
おれはひとりの修羅なのだ

修羅は阿修羅の略で仏教の言葉です。いろんな解釈がありますが、ここでは深い苦悩をかかえながら、まことのことばを探し求める求道者という意味です。賢治さんは迷いの道にはまりこんだり心がおだやかでない時は、ひそかにチュンセとポウセの二人の星の童子が吹く、銀の笛の音に癒しを求めたのではないでしょうか。

八八の星座の一覧表を見ていて不思議に思ったことがあります。それは植物の星座が一つもないことです。バラやハス、ツリガネソウなどの美しい花の名の星座があれば、物語も豊かになり、はなやかになるでしょうに、なぜなのでしょうね。そう言えば、「双子の星」の童話にも、植物の名は「芝の野原」として芝の名が出てくるだけです。星座には植物名がないことと関連して、そうしたのでしょうか。

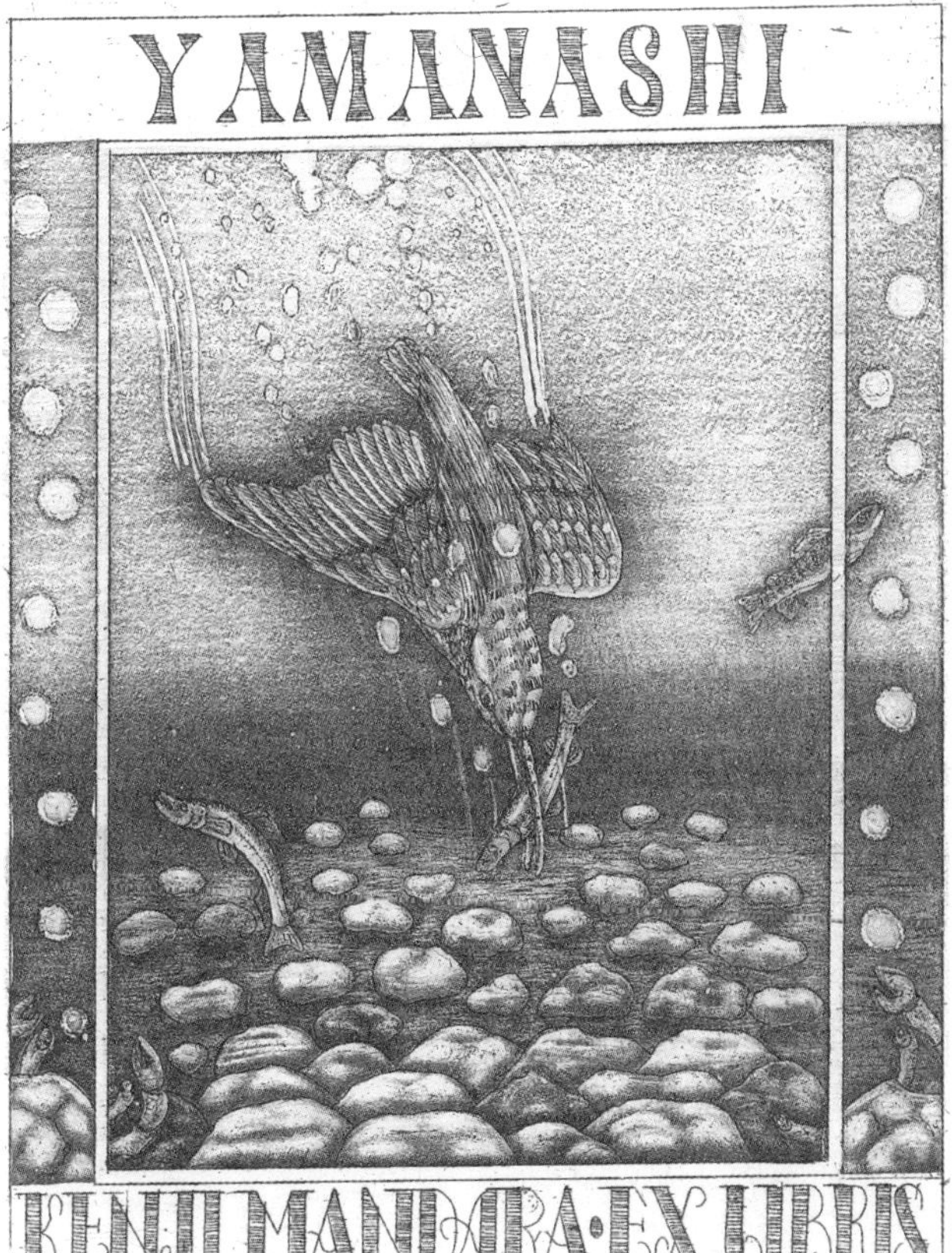
YAMANASHI
KENJI MANDARA·EX LIBRIS

やまなし

小さな谷川の底を写した二枚の青い幻燈《げんとう》です。

一、五月

二疋《ひき》の蟹《かに》の子供らが青じろい水の底で話していました。

『クラムボンはわらったよ。』

『クラムボンはかぷかぷわらったよ。』

『クラムボンは跳《は》ねてわらったよ。』

『クラムボンはかぷかぷわらったよ。』

上の方や横の方は、青くくらく鋼《はがね》のように見えます。そのなめらかな天井《てんじょう》を、つぶつぶ暗い泡《あわ》が流れて行きます。

『クラムボンはわらっていたよ。』

『クラムボンはかぷかぷわらったよ。』

『それならなぜクラムボンはわらったの。』

『知らない。』

つぶつぶ泡が流れて行きます。蟹の子供らもぽっぽっぽっとつづけて五六粒《つぶ》泡を吐《は》きました。それはゆれながら水銀のように光って斜《なな》めに上の方へのぼって行きました。

つうと銀のいろの腹をひるがえして、一疋の魚が頭の上を過ぎて行きました。

『クラムボンは死んだよ。』

『クラムボンは殺されたよ。』

『クラムボンは死んでしまったよ………。』

『殺されたよ。』

『それならなぜ殺された。』兄さんの蟹は、その右側の四本の脚《あし》の中の二本を、弟の平べったい頭にのせながら云《い》いました。

『わからない。』

魚がまたツウと戻《もど》って下流の方へ行きました。

『クラムボンはわらったよ。』

『わらった。』

にわかにパッと明るくなり、日光の黄金《きん》は夢《ゆめ》のように水の中に降って来ました。

波から来る光の網《あみ》が、底の白い磐《いわ》の上で美しくゆらゆらのびたりちぢんだりしました。泡や小さなごみからはまっすぐな影《かげ》の棒が、斜めに水の中に並《なら》んで立ちました。

魚がこんどはそこら中の黄金《きん》の光をまるっきりくちゃくちゃにしておまけに自分は鉄いろに変に底びかりして、又《また》上流《かみ》の方へのぼりました。

『お魚はなぜああ行ったり来たりするの。』

弟の蟹がまぶしそうに眼《め》を動かしながらたずねました。

『何か悪いことをしてるんだよとってるんだよ。』

『とってるの。』

『うん。』

そのお魚がまた上流《かみ》から戻って来ました。今度はゆっくり落ちついて、ひれも尾《お》も動かさずただ水にだけ流されながらお口を環《わ》のように円くしてやって来ました。その影は黒くしずかに底の光の網の上をすべりました。

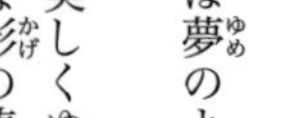
ヤマメ

アユ

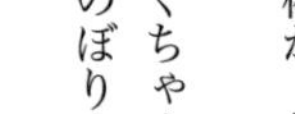
ウグイ

『お魚は……。』

その時です。俄《にわか》に天井に白い泡がたって、青びかりのまるでぎらぎらする鉄《てっ》砲弾《ぽうだま》のようなものが、いきなり飛込《とびこ》んで来ました。

兄さんの蟹ははっきりとその青いもののさきがコンパスのように黒く尖《とが》っているのも見ました。と思ううちに、魚の白い腹がぎらっと光って一ぺんひるがえり、上の方へのぼったようでしたが、それっきりもう青いものも魚のかたちも見えず光の黄金《きん》の網はゆらゆらゆれ、泡はつぶつぶ流れました。

二疋はまるで声も出ず居すくまってしまいました。

お父さんの蟹が出て来ました。

『どうしたい。ぶるぶるふるえているじゃないか。』

『お父さん、いまおかしなものが来たよ。』

『どんなもんだ。』

『青くてね、光るんだよ。はじがこんなに黒く尖ってるの。それが来たらお魚が上へのぼって行ったよ。』

『そいつの眼が赤かったかい。』

『わからない。』

イワナ

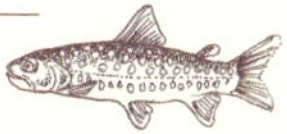

アメマス

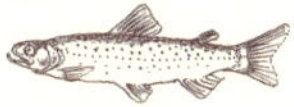

イトウ

『ふうん。しかし、そいつは鳥だよ。かわせみと云うんだ。大丈夫《だいじょうぶ》だ、安心しろ。おれたちはかまわないんだから。』

『お父さん、お魚はどこへ行ったの。』

『魚かい。魚はこわい所へ行った』

『こわいよ、お父さん。』

『いいいい、大丈夫だ。心配するな。そら、樺《かば》の花が流れて来た。ごらん、きれいだろう。』

泡と一緒《いっしょ》に、白い樺の花びらが天井をたくさんすべって来ました。

『こわいよ、お父さん。』弟の蟹も云いました。

光の網はゆらゆら、のびたりちぢんだり、花びらの影はしずかに砂をすべりました。

二、十二月

蟹の子供らはもうよほど大きくなり、底の景色も夏から秋の間にすっかり変りました。

白い柔《やわら》かな円石《まるいし》もころがって来、小さな錐《きり》の形の水晶《すいしょう》の粒や、金雲母《きんうんも》のかけらもながれて来てとまりました。

そのつめたい水の底まで、ラムネの瓶《びん》の月光がいっぱいに透《すき》とおり天井では波が青じろい火を、燃したり消したりしているよう、あたりはしんとして、ただいかにも遠くからというように、その波の音がひびいて来るだけです。

蟹の子供らは、あんまり月が明るく水がきれいなので睡《ねむ》らないで外に出て、しばらくだまって泡をはいて天井の方を見ていました。

『やっぱり僕《ぼく》の泡は大きいね。』

『兄さん、わざと大きく吐いてるんだい。僕だってわざとならもっと大きく吐けるよ。』

『吐いてごらん。おや、たったそれきりだろう。いいかい、兄さんが吐くから見ておいで。そら、ね、大きいだろう。』

『大きかないや、おんなじだい。』

『近くだから自分のが大きく見えるんだよ。そんなら一緒に吐いてみよう。いいかい、そら。』

『やっぱり僕の方大きいよ。』

『本当かい。じゃ、も一つはくよ。』

『だめだい、そんなにのびあがっては。』

またお父さんの蟹が出て来ました。

『もうねろねろ。遅《おそ》いぞ、あしたイサドへ連れて行かんぞ。』

『お父さん、僕たちの泡どっち大きいの』

『それは兄さんの方だろう』

『そうじゃないよ、僕の方大きいんだよ』弟の蟹は泣きそうになりました。

そのとき、トブン。

黒い円い大きなものが、天井から落ちてずうっとしずんで又上へのぼって行きました。キラキラッと黄金《きん》のぶちがひかりました。

『かわせみだ』子供らの蟹は頸《くび》をすくめて云いました。

お父さんの蟹は、遠めがねのような両方の眼をあらん限り延ばして、よくよく見てから云いました。

『そうじゃない、あれはやまなしだ、流れて行くぞ、ついて行って見よう、あああいい匂《にお》いだな』

なるほど、そこらの月あかりの水の中は、やまなしのいい匂いでいっぱいでした。

三疋はぼかぼか流れて行くやまなしのあとを追いました。

その横あるきと、底の黒い三つの影法師《かげぼうし》が、合せて六つ踊《おど》るようにして、山なしの円い影を追いました。

間もなく水はサラサラ鳴り、天井の波はいよいよ青い焔《ほのお》をあげ、やまなしは横になって木の枝《えだ》にひっかかってとまり、その上には月光の虹《にじ》がもかもか集まりました。

『どうだ、やっぱりやまなしだよ、よく熟している、いい匂いだろう。』

『おいしそうだね、お父さん』

『待て待て、もう二日ばかり待つとね、こいつは下へ沈《しず》んで来る、それからひとりでにおいしいお酒ができるから、さあ、もう帰って寝《ね》よう、おいで』
親子の蟹は三疋自分等《ら》の穴に帰って行きます。
波はいよいよ青じろい焔をゆらゆらとあげました、それは又金剛石《こんごうせき》の粉をはいているようでした。

＊

私の幻燈はこれでおしまいであります。

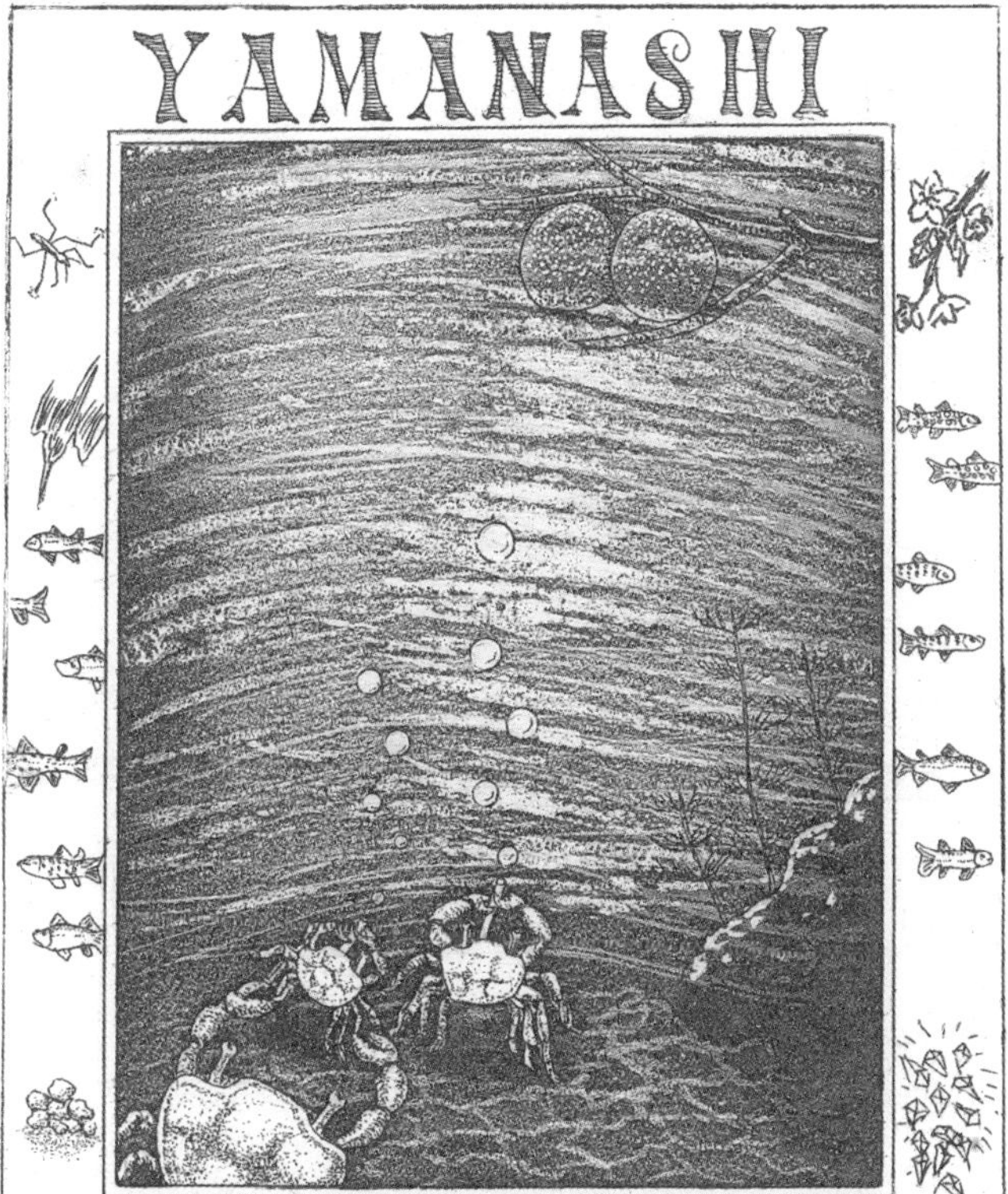
YAMANASHI
KENJI MANDARA·EX LIBRIS

「やまなし」を読んで

谷川の底にいる二匹の子蟹と父蟹を五月と十二月にうつした二枚の幻燈を見た時の、賢治さんの心に浮かんだ心象風景を描いた作品です。

童話というよりは散文詩というほうが似合わしい、詩情に満ちた小品です。とくに興味をそそるのは、川底から上を見て、水中の世界をみせてくれることです。

人間は陸上の動物ですから、空を見ることにはなれていますが、川底から見上げた水中の風景ってどんなものか、普通は想像もしません。子どもの時、私は川遊びが大好きで、夏は毎日川に入り浸っていました。魚捕りが大好きですが、とくに大きな石の下にひそんでいる魚を手づかみするのが得意でした。川底へもよくもぐったので、川底の様子はよく知っていますが、川底から上の風景を眺めてみるなんて、考えも及ばなかったですね。

青年期に初めて「やまなし」を読んだ時は、はっと胸をつかれました。川底から水中を通して上を見ると、経験したことがない世界を見ることができると心躍らせて、その夏さっそく実行してみました。

残念ながら、息をとめて水中におれるのは一分少々しかありません。水面が鏡のように銀色に光り、小さな波でゆれていたという記憶しか残っていません。蟹の子どものように、川底からの眺めを楽しむためには、潜水用具をつけなければだめです。

さて本文にもどると、この蟹はサワガニです。北海道と沖縄をのぞく日本中の谷川にすんでおり、皆さんもなじみのカニだと思います。サワガニは水陸両用の暮しができます。雨の日なんかは、けっこう陸地を遠出することもあります。

この童話は、川底から水面を流れる泡を見ている二匹の子蟹の会話から始まります。

『クラムボンはわらったよ。』

『クラムボンはかぷかぷわらったよ。』

とリズミカルなかけあいが続きます。

〝クラムボン〟ってどういう意味かについて、ドイツ語だ、英語、エスペラント語だといろんな説があります。例えば、英語でカニのことをクラブ（crab）と言うので、それからの造語でないかとかしましい議論がなされています。

しかし、おしゃべりをしているのが子どもの蟹なので、外国語なんか知るはずがありません。私は水の泡を見た子蟹の印象から思いついたでまかせの表現だと思います。はずむような音のひびきが面白いので、子蟹は気にいっているのでしょう。

普通は流れる泡ぶくを、ぷかぷかというかろやかな言葉で表現します。泡は水の薄い膜で作られた半球ですが、川底から見ると、半球の内側を見ていることになります。それで、ぷかぷかの逆、かぷかぷ。なかなかおしゃれですね。

子蟹は自分も五、六粒泡を吐き出します。水銀のように光って、泡は上へのぼっていきました。ところが一匹の魚が通りすぎたため、水面に達するまでに消えてしまったのです。それを子蟹は「死んでしまった」とか「殺された」と言っています。「なぜ殺された」という弟蟹の問いに、兄さん蟹は「わからない」と言っていますが、泡が消えた理由は、魚が頭の上を通ったので、水流の動きの圧力で泡の粒は消されたのです。

魚は行ったりきたりしています。谷川には岸に生えている木から、いろんな虫が落ちてきます。魚はそれを食べるためにあちこちと動いているのです。

その魚は、カワセミに食べられます。カワセミは、川に飛びこんで魚をとる名人です。「こわいよ」と子蟹がおびえるのに対し、お父さん蟹は大丈夫だ、心配するなと言っていますが、実際はカワセミはサワガニやエビカニなども獲るので、本当は石の下に隠れた方がいいのでしょう。でも子蟹があまりにおびえているので、平静な心をとりもどすために、白い樺の花びらが水面を流れていくのを見せて、「きれいだろう」と気分を転換させています。子どもの心の動きをしっかり見つめているいいお父さんですね。

透明な谷川の水の中という美しい空間の中で、黄金《きん》の水の網をゆらめかせながらくりひろげられる生と死のドラマ。一言のむだもなく表現した濃密な叙景の文章に、蟹たちと一体となって共感してしまいます。

十二月の水底の風景。

台風がしばしば訪れる秋を過ぎると、大水のために川底の風景はすっかり変ってしまいました。水晶の粒や金雲母のかけらなどが川底に散らばっていて、ラムネの瓶の底を通してきたかのような明るい月の光が、川底を照らしています。ラムネ瓶の底のガラスは部厚くレンズの役をするので、月光はぐんと明るくなるのです。

あんまり月の光が明るく水がきれいなので、二匹の子蟹は泡をはいて大きさの競争をします。お父さん蟹が出てきて、遅いから早く寝ろと言いますが、子蟹は泡競争に夢中です。

そのとき、やまなしが落ちてきました。流れるやまなしを、親子の蟹が追っかけます。「その横あるきと、底の黒い三つの影法師《かげぼうし》が、合せて六つ踊《おど》るようにして、山なしの円い影を追いました。」賢治さんならではの見事な表現です。三匹の蟹はやまなしを、三つの影がやまなしの影を追っかける――まるで影までがいのちをもった存在のようで、とても幻想的な風景です。

全文一言一句のむだもなく、美しく結晶した散文詩と言ってよく、愛すべき小品で、私も大好きな童話です。

ただこんな疑問もあります。主人公は蟹ですから、なぜ蟹の名を入れた題にしないのか、あるいは、「クラムボン」も面白いと思うのですが、どうして「やまなし」なんでしょうか。

水の泡は、生まれてすぐこわれて死ぬ運命を担ったはかない存在の代表です。泡は周囲になんの影響も与えず、あってもなくてもいい存在です。しかし、やまなしは違います。おいしい果実を動物や人に与えてくれます。そして川底に沈むと醗酵しておいしいお酒ができ、魚やカニ、その他の水生動物を楽しませてくれます。

死後もみんなの役に立つ人になる。これは賢治さんが理想にしたことです。賢治さんは子どもの時、お母さんに「人はなんのためにこの世に生まれるのですか」と尋ねたことがあります。お母さんは即座にこう答えました。「人のためになるためにこの世に生まれてくるのです」。賢治さんはこの言葉を魂に刻みこみ、一生の指針にし実践しました。これが賢治さんの心の中核ですから、笑い、たわむれながらはかなく消えるクラムボンよりも、やまなしを題にしたのでしょう。

（注）

ヤマナシの分布は中部地方より西で、東北地方にはありません。

ただし、岩手県にはイワテヤマナシがあり、北上川周辺に多く見られます。作中のやまなしはイワテヤマナシでしょう。

サワガニは冬には冬眠します。ですから、寒い東北地方では、十二月には冬眠しているはずです。また、やまなしも十二月には葉も実も落としてしまっているので、十二月に谷川に落果するのは不自然です。本作品は岩手毎日新聞に掲載されました。もとの原稿には十一月とあったのを、新聞にのる段階で十二月と誤ったのだろうと言われています。

サワガニは夜行性です。だから、明るい月光の下での泡競争や、お父さん蟹の「もうねろねろ。遅いぞ」と言った会話は不自然です。

賢治さんは陸上の動植物には豊富な知識をもっていますが、水生動物についてはよく知らなかったようです。ですから、直接観察に基づく作品ではなく、二枚の幻燈を見ての心象風景を描いた作品ということにしたのでしょう。しかし、これらのちょっとした間違いは、この作品の価値をなんら損なうことにはなりません。

TSUKIYO no KEDAMONO
KENJI MANDARA·EX LIBRIS

月夜のけだもの

十日の月が西の煉瓦塀《れんがべい》にかくれるまで、もう一時間しかありませんでした。

その青じろい月の明りを浴びて、獅子《しし》は檻《おり》のなかをのそのそあるいて居《お》りましたが、ほかのけだものどもは、頭をまげて前あしにのせたり、横にごろっとねころんだりしずかに睡《ねむ》っていました。夜中まで檻の中をうろうろうろうろしていた狐《きつね》さえ、おかしな顔をしてねむっているようでした。

わたくしは獅子の檻のところに戻って来て前のベンチにこしかけました。

するとそこらがぼうっとけむりのようになってわたくしもそのけむりだか月のあかりだかわからなくなってしまいました。

いつのまにか獅子が立派な黒いフロックコートを着て、肩を張って立って
「もうよかろうな。」と云《い》いました。

すると奥さんの獅子が太い金頭のステッキを恭《うやうや》しく渡しました。獅子はだ

まって受けとって脇《わき》にはさんでのそりのそりとこんどは白分が見まわりに出ました。そこらは水のころころ流れる夜の野原です。

ひのき林のへりで獅子は立ちどまりました。向うから白いものが大へん急いでこっちへ走って来るのです。

獅子はめがねを直してきっとそれを見なおしました。それは白熊《しろくま》でした。非常にあわててやって来ます。獅子が頭を一つ振って道にステッキをつき出して云いました。

「どうしたのだ。ひどく急いでいるではないか。」

白熊がびっくりして立ちどまりました。その月に向いた方のからだはぼうっと燐《りん》のように黄いろにまた青じろくひかりました。

「はい。大王さまでございますか。結構なお晩でございます。」

「どこへ行くのだ。」

「少し尋ねる者がございまして。」

「誰《たれ》だ。」

「向うの名前をつい忘れまして、」

「どんなやつだ。」

「灰色のざらざらした者ではございますが、眼《め》は小さくていつも笑っているよう。頭には聖人のような立派な瘤《こぶ》が三つございます。」

「ははあ、その代り少しからだが大き過ぎるのだろう。」

「はい。しかしごくおとなしゅうございます。」

「所がそいつの鼻ときたらひどいもんだ。全体何の罰であんなに延びたんだろう。おまけにさきをくるっと曲げると、まるでおれのステッキの柄のようになる。」

「はい。それは全く仰《おお》せの通りでございます。耳や足さきなんかはがさがさして少し汚のうございます。」

「そうだ。汚いとも。耳はボロボロの麻のはんけち或《あるい》は焼いたするめのようだ。足さきなどはことに見られたものでない。まるで乾いた牛の糞《くそ》だ。」

「いや、そう仰《お》っしゃってはあんまりでございます。それでお名前を何と云われましたでございましょうか。」

「象だ。」

「いまはどちらにおいででございましょうか。」

「俺《おれ》は象の弟子でもなければ貴様の小使いでもないぞ。」

「はい、失礼をいたしました。それではこれでご免を蒙《こうむ》ります。」

「行け行け。」白熊《しろくま》は頭を掻《か》きながら一生懸命向うへ走って行きました。象はいまごろどこかで赤い蛇《じゃ》の目の傘《かさ》をひろげている筈《はず》だがとわたくしは思いました。

ところが獅子《しし》は白熊のあとをじっと見送って呟《つぶ》やきました。

「白熊め、象の弟子になろうというんだな。頭の上の方がひらたくていい弟子になるだろうよ。」そして又のそのそと歩き出しました。

月の青いけむりのなかに樹《き》のかげがたくさん棒のようになって落ちました。そのまっくろな林のなかから狐《きつね》が赤縞《あかじま》の運動ズボンをはいて飛び出して来ていきなり獅子《しし》の前をかけぬけようとしました。獅子は叫びました。

「待て。」

狐は電気をかけられたようにブルルッとふるえてからだ中から赤や青の火花をそこら中へぱちぱち散らしてはげしく五六遍まわってとまりました。なぜか口が横の方に引きつっていて意地悪そうに見えます。

獅子が落ちついてうで組みをして云いました。

「きさまはまだ悪いことをやめないな。この前首すじの毛をみんな抜かれたのをもう忘れたのか。」

狐がガタガタ顫《ふる》えながら云いました。

「だ、大王様。わ、わたくしは、い今はもうしょう正直でございます。」歯がカチカチ云うたびに青い火花はそこらへちらばりました。

「火花を出すな。銅臭くていかん。こら。偽《うそ》をつくなよ。今どこへ行くつもりだったのだ。」

狐は少し落ちつきました。

「マラソンの練習でございます。」

「ほんとうだろうな。鶏を盗みに行く所ではなかろうな。」

「いえ。たしかにマラソンの方でございます。」

獅子は叫びました。

「それは偽《うそ》だ。それに第一おまえらにマラソンなどは要《い》らん。そんなことをしているからいつまでも立派にならんのだ。いま何を仕事にしている。」

「百姓でございます。それからマラソンの方と両方でございます。」

「偽だ。百姓なら何を作っている。」

「粟《あわ》と稗《ひえ》、粟と稗でございます。それから大豆《まめ》でございます。それからキャベチでございます。」

「お前は栗を食べるのか。」

「それはたべません」

「何にするのだ。」

「鶏にやります。」

「鶏が栗をほしいと云うのか。」

「それはよくそう申します。」

「偽だ。お前は偽ばっかり云っている。おれの方にはあちこちからたくさん訴《うったえ》が来ている。今日はお前のせなかの毛をみんなむしらせるからそう思え。」

狐《きつね》はすっかりしょげて首を垂れてしまいました。

「これで改心しなければこの次は一ぺんに引き裂いてしまうぞ。ガアッ。」

獅子《しし》は大きく口を開いて一つどなりました。

狐はすっかりきもがつぶれてしまってただ呆《あき》れたように獅子の咽喉《のど》の鈴の桃いろに光るのを見ています。

その時林のへりの藪《やぶ》がカサカサ云いました。獅子《しし》がむっと口を閉じてまた云いました。

「誰《たれ》だ。そこに居るのは。ここへ出て来い。」

藪の中はしんとしてしまいました。

獅子はしばらく鼻をひくひくさせて又云いました。

「狸《たぬき》、狸。こら。かくれてもだめだぞ。出ろ。陰険なやつだ。」

狸が藪からこそこそ這《は》い出して黙って獅子の前に立ちました。

「こら狸。お前は立ち聴きをしていたな。」

狸は目をこすって答えました。

「そうかな。」

そこで獅子は怒ってしまいました。

「そうかなだって。ずるめ、貴様はいつでもそうだ。はりつけにするぞ。はりつけにしてしまうぞ。」

狸はやはり目をこすりながら
「そうかな。」と云っています。狐《きつね》はきょろきょろその顔を盗み見ました。獅子も少し呆《あき》れて云いました。

「殺されてもいいのか。呑気《のんき》なやつだ。お前は今立ち聴きしていたろう。」

「いいや、おらは寝ていた。」

「寝ていたって。最初から寝ていたのか。」

「寝ていた。そして俄《にわか》に耳もとでガアッと云う声がするからびっくりして眼を醒《さ》ましたのだ。」

「ああそうか。よく判《わか》った。お前は無罪だ。あとでご馳走《ちそう》に呼んでやろう。」

狐《きつね》が口を出しました。

「大王。こいつは偽《うそ》つきです。立ち聴きをしていたのです。寝ていたなんてうそです。ご馳走なんてとんでもありません。」

狸《たぬき》がやっきとなって腹鼓を叩《たた》いて狐を責めました。

「何だい。人を中傷するのか。お前はいつでもそうだ。」

すると狐もいよいよ本気です。

「中傷というのはな。ありもしないことで人を悪く云うことだ。お前が立ち聴きをしていたのだからそのとおり正直にいうのは中傷ではない。裁判というもんだ。」

獅子《しし》が一寸《ちょっと》ステッキをつき出して云いました。

「こら、裁判というのはいかん。裁判というのはもっとえらい人がするのだ。」

狐が云いました。

「間違いました。裁判ではありません。評判です。」

獅子がまるであからんだ栗《くり》のいがの様な顔をして笑いころげました。

「アッハッハ。評判では何にもならない。アッハッハ。お前たちにも呆《あき》れてしまう。アッハッハッハ。」

それからやっと笑うのをやめて云いました。

「よしよし。狸《たぬき》は許してやろう。行け。」

「そうかな。ではさよなら。」と狸は又藪《やぶ》の中に這《は》い込みました。カサカサカサカサ音がだんだん遠くなります。何でも余程遠くの方まで行くらしいのです。

獅子《しし》はそれをきっと見送って云いました。

「狐《きつね》。どうだ。これからは改心するか、どうだ。改心するなら今度だけ許してやろう。」

「へいへい。それはもう改心でも何でもきっといたします。」

「改心でも何でもだと。どんなことだ。」

「へいへい。その改心やなんか、いろいろいいことをみんなしますので。」

「ああやっぱりお前はまだだめだ。困ったやつだ。仕方ない、今度は罰しなければならない。」

「大王様。改心だけをやります。」

「いやいや。朝までここに居ろ。夜あけ迄《まで》に毛をむしる係りをよこすから。もし逃げたら承知せんぞ。」

「今月の毛をむしる係りはどなたでございますか。」

「猿《さる》だ。」

「猿。へい。どうかご免をねがいます。あいつは私とはこの間から仲が悪いのでどんなひどいことをするか知れません。」

「なぜ仲が悪いのだ。おまえは何か欺《だま》したろう。」

「いいえ。そうではありません。」

「そんならどうしたのだ。」

「猿《さる》が私の仕掛けた草わなをこわしましたので。」

「そうか。そのわなは何をとる為《ため》だ。」

「鶏です。」

「ああ呆《あき》れたやつだ。困ったもんだ。」と獅子《しし》は大きくため息をつきました。狐《きつね》もおいおい泣きだしました。

向うから白熊《しろくま》が一目散に走って来ます。獅子は道へステッキをつき出して呼

びとめました。

「とまれ、白熊、とまれ。どうしたのだ。ひどくあわてているではないか。」

「はい。象めが私の鼻を延ばそうとしてあんまり強く引っ張ります。」

「ふん、そうか。けがは無いか。」

「鼻血を沢山出しました。そして卒倒しました。」

「ふん。そうか。それ位ならよかろう。しかしお前は象の弟子になろうといったのか。」

「はい。」

「そうか。あんなに鼻が延びるには天才でなくてはだめだ。引っぱる位でできるもんじゃない。」

「はい。全くでございます。あ、追いかけて参りました。どうかよろしくおねがい致します。」

白熊《しろくま》は獅子《しし》のかげにかくれました。

象が地面をみしみし云わせて走って来ましたので獅子が又ステッキを突き出して叫びました。

「とまれ、象。とまれ。白熊はここに居る。お前は誰《たれ》をさがしているんだ。」

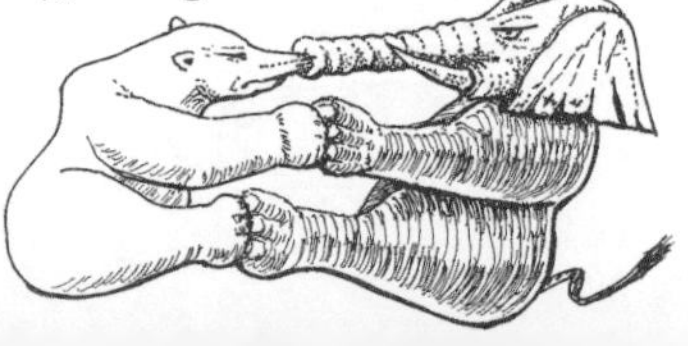

「白熊です。私の弟子になろうと云います。」

「うん。そうか。しかし白熊はごく温和《おとな》しいからお前の弟子にならなくてもよかろう。白熊は実に無邪気な君子だ。それよりこの狐《きつね》を少し教育してやって貰《もら》いたいな。せめてうそをつかない位迄な。」

「そうですか。いや、承知いたしました。」

「いま毛をみんなむしろうと思ったのだがあんまり可哀そうでな。教育料はわしから出そう。一ヶ月八百円に負けて呉《く》れ。今月分丈《だ》けはやって置こう。」獅子はチョッキのかくしから大きながま口を出してせんべい位ある金貨を八つ取り出して象にわたしました。象は鼻で受けとって耳の中にしまいました。

「さあ行け。狐。よく云うことをきくんだぞ。それから。象。狐はおれからあずかったんだから鼻を無暗《むやみ》に引っぱらないで呉れ。よし。さあみんな行け。」

白熊も象も狐もみんな立ちあがりました。

狐は首を垂れてそれでもきょろきょろあちこちを盗み見ながら象について行き、白熊は鼻を押えてうちの方へ急ぎました。

獅子《しし》は葉巻をくわえマッチをすって黒い山へ沈む十日の月をじっと眺《なが》めました。

そこでみんなは目がさめました。十日の月は本当に今山へはいる所です。

狐も沢山くしゃみをして起きあがってうろうろうろうろ檻《おり》の中を歩きながら向うの獅子の檻の中に居るまっくろな大きなけものを暗をすかしてちょっと見ました。

「月夜のけだもの」を読んで

動物園は楽しい所です。見たこともない外国の珍しい動物や、人気者のパンダ、虎《とら》やライオンと言った猛獣、わたしたちの仲間のチンパンジーやゴリラなど、思わず立ち止まって長居をしてしまいます。夜の動物園は、昼間とはまた違った動物の生態が見られて面白いです。動物園は夏休みのイベントとして、夜の動物園を見せることがあります。そういう機会にはぜひ行ってみるといいでしょう。

賢治さんは、上野動物園へ行ったことがあります。この童話はその時の印象をもとに書かれたものでしょう。賢治さんも動物園を楽しんだと思いますが、自然派の賢治さんは、きっと動物たちが檻に入っているのが気になったにちがいありません。と言って、檻から動物たちを放すわけには行きません。虎や大蛇、ゴリラなどが街へ出てくれれば、大さわぎになるにきまっています。

現在の動物園は、檻飼育を止めてできるだけ広い所で自由に行動できる飼い方に変ろうとしていますが、なにぶんにも広い土地がいるので、都市の動物園では残念ながら一部の動物園でしか実現していません。

賢治さんは、なんとかして動物たちを檻から出してやりたい、という気持を押さえることができません。といっていい考えが浮かばないので、思案にくれて獅子の前のベンチにこしかけました。きっと心の中で、「獅子さん、何かいい方法がないかな。いい知恵があったら、教えて下さいよ」と呼びかけていたにちがいありません。

「するとそこらがぼうっとけむりのようになってわたくしもそのけ

むりだか月のあかりだかわからなくなってしまいました。」

　そして、思いもかけない出来事が起こったのです。いつのまにか檻から出た獅子が、フロックコートを着て立っていたのです。

　獅子は百獣の王と言われます。大きな頭にふっさりと豊かなたてがみをもった威厳《いげん》のある風貌《ふうぼう》をもち、大咆哮《ほうこう》は動物たちをふるえあがらせます。虎、豹《ひょう》、羆《ひぐま》などの猛獣や、犀《さい》、バッファローといった強者と比べてみても、やはり獅子はぬきんでて「王」と呼ぶにふさわしい動物だと思います。

　普通童話か絵本に出てくるライオンの王様は、金の冠を頭に頂き、赤い豪華なマントを着てサーベルなどを着けた姿をしていますが、この童話に出てくる獅子は、意外にも礼服の正装フロックコートを着て、金頭のステッキを持った紳士としての登場です。今ではフロックコート姿の人はほとんど見ませんが、半正装のモーニングコートの人は、結婚式や重要な儀式の時にはよく見かけます。戦前では、小学校の卒業式には校長先生や来賓《らいひん》の町長、村長さんなどは、正式の礼装姿でした。

獅子はみんなが仲よく暮らしているかを見るために、見まわりに出かけました。そこは水が流れひのきの林がある野原です。動物園はいつのまにか動物村に変っていたのです。さしずめ獅子は、動物村の村長さんというところでしょうか。村長さんは村民の動物たちの一人ひとりに気配《きくば》りし、適当な注意を与えたり教えたりしています。

というとなんだか堅苦しい話か説教がましい話のように思いますが、それとはまったく逆に、全編を覆っているほのぼのとした温みのあるユーモアに、思わず笑みをたたえ、自分も動物村の住民になったような気になってしまいます。

ユーモアを感じさせる理由は、それぞれの動物の特徴を生かした会話の面白さと、みんな一生懸命なのに、どこかまぬけた所があり、心が和《なご》む微笑を誘うからです。例えば、象。

象は教師として尊敬されており、白熊が弟子入りします。しかししばらくして、白熊は逃げて帰ってきます。獅子がどうしたと聞くと、弟子になるにはまず長い鼻をもつことだと、鼻を強く引っぱられ、鼻血を出して卒倒したので逃げてきたと言うのです。象は弟子になるにはまず象の特徴である長い鼻をもつことが必要だ、と思いこんでいるのです。そのために白熊が鼻を引っぱられるナンセンスな光景を思い浮かべると、つい愉快な気分になります。

赤縞の運動ズボンをはいておしゃれをした狐は、獅子がいるのを見て逃げようとしますが、獅子につかまります。日頃悪さばかりをし、うそをつくのが上手な狐は、獅子にさんざんとっちめられます。

あれやこれやと言い逃れをする狐に腹をたてた獅子は、せなかの毛をみんな猿にむしらせると脅し、それでも改心しない時は引き裂いてしまうぞ、と言いわたし、一声咆えました。

その声にびっくりして狸が出てきました。狸は獅子に何をとがめられても「そうかな」ととぼけています。私はとぼけた狸の顔を頭に浮かべ、思わず吹きだしてしまいました。狐に対して怒りの火を燃やしていた獅子は「はりつけにするぞ」と脅しても、「そうかな」と他人事みたいにとぼけている狸には、獅子は腹を立てながらもおかしなやつだなと、怒りが少しおさまってきました。

そして、狡猾《こうかつ》な狐が狸の弱みにつけいり、偽《うそ》をついているのは、狸だと言いたて、狸と言い合いになった時、大切な言葉を二度間違ってしまいます。獅子は大笑いをし、怒りがすっかりおさまって狸を許します。そして、狐とは問答の末、教育してくれるように象にあずけます。しかも月謝料まで払って。

この作品は、賢治さんの人間観をよく表わした童話だと思います。まじめで一生懸命なのに、つい思わぬへまをする。愛すべきへまと言ったら善いでしょうか。それが思わず軽い笑いを誘い、緊張を和らげる人間関係の潤滑剤《じゅんかつざい》になるのです。賢治さんはこういうタイプの人が好きでした。

失敗が思わぬ効果をもたらすことがあります。今でも思い出すと笑いがこみあげる傑作なエピソードを紹介しましょう。

戦前の旧制中学校では、剣道と柔道は、正課でした。四年生の柔道の時間（旧制中学は五年までありました）先生を迎えるため、柔道着の生徒は横列に並びました。先生が入ってきた時、一人の生徒が遅れてとびこんできて、横列に入りこみました。

マナーに厳しい柔道教師は生徒をとがめ、「なぜ遅れた」「柔道着が見つからなかったのです」「言いわけをするなっ！　眼鏡をとって、一歩前へ出て、足を開けて立て」。つぎに強烈なびんたをくらうための準備です。足を開くのは倒れないためです。

恐ろしい顔で睨《にら》む教師を前に、生徒の顔は真っ青になりました。

〃バシッ〃すごい音がして、教師と生徒は睨みあいました。

次のびんたが頬にはじけようとした時、突然異様な音がしました。

〃ブーッ〃

教師の顔がほころび、あげていた手を下ろしました。とたんに火山の噴火のような生徒たちの大爆笑。生徒は真っ赤になり、バタンと倒れ、教師はあわてて抱き起こしました。そして頭をなで、笑いながらその場を去ると、大声で「乱取《らんどり》はじめっ」。

それからしばらくは「青、ブー、赤、バタン」という言葉がはやり、けんかが起こりそうになると、周りの者が「青、ブー、赤、バタン」とはやすので、けんかをしかけていた者は苦笑いして止めるということになりました。「へま」の功名《こうみょう》ですね。

※乱取―柔道の用語で、各人が思い思いに技をかけあって練習すること。

若い読者のみなさんへ

編者　田中和雄

河合雅雄さんの「宮沢賢治の心を読む」は本書が四冊目で、最終巻になります。足かけ七年の歳月をかけて、一七編の難解な賢治童話の真髄を読み解いてきました。

編者の要望を快諾して、一巻目にとりかかったとき、若い読者に分かりやすく書くことが「おそろしくしんどかった」と弱音を吐いた河合さんは、九三歳の高齢でこの難作業をついにやり遂げました。きっとご自身は遺言を書く覚悟で臨まれたものと思います。

巻を追うごとにつぎつぎと賢治童話の謎が面白いように解き明かされ、「そうか、そうだったのか」と思わず膝を叩く読者がふえたのも確かなことでした。

各巻の冒頭にある「まえがき」は、あるときは「賢治の秀れた文学論」であり、またあるときは「賢治が求めた人と自然との共生」という卓越した文明批評です。

特にこの四巻の「まえがき」では、これからの新しい共生のあり方について具体的な提案をされています。曰く、「人とスミレの花との文化的共生」であり、「里山の太い藤づるでターザンごっこをする文化的共生」という内容です。道を歩いていて、ふとスミレの花に目がとまり「やあ、すみれ。きれいだよ！」。これだけでいいんですね。これだけで、心にひそんでいるやさしい気持ちになり、顔がほころびます。里山へ行くと、藤づるが見つかります。これにぶらさがって、ターザンごっこ。これもすぐできます。みんな無邪気な子どもに還って楽しくなります。

「共生」とあらためて考えるとなにやら難しそうですが、ぼくたちは無意識に共生のなかで生きています。

たとえば、ぼくたちはみんな一秒の休みなく息を吸って吐いています。吸うときはきれいな酸素を取り入れて、吐くときは不要になった炭酸ガスを捨てます。地球上では七〇億人の人が一斉に呼吸をしています。タイヘン！　酸素がなくなってしまうのではないか、炭酸ガスがふえてみんな窒息してしまうのではないか。でも心配は無用です。草や木の葉っぱが休みなく炭酸ガスを吸いとって酸素を吐きだしてくれているのです。

道ばたのスミレの葉っぱにも、天にそびえる樫の幾万の葉っぱにも、「ありがとう、葉っぱさん」と言ってあげようではありませんか。

詩人の谷川俊太郎さんは、「しんでくれた」（『ぼくは　ぼく』童

話屋）という詩のなかで

うし
しんでくれた　ぼくのために
そいではんばーぐになった
ありがとう　うし

（後略）

と書きました。これも文化的共生ですね。

四巻を通して加藤昌男さんの銅版画が賢治童話を美しいお花畑にしてくださいました。たくさんの読者に代わって、河合雅雄さん、加藤昌男さんに心よりお礼を申し上げます。

★文字づかいについて

宮沢賢治の原文は新仮名づかいに改め、若い読者を考え、読みにくい漢字にはふり仮名をつけました。

宮沢賢治の心を読む（Ⅳ）

二〇一八年一月二日初版発行
著　者　草山万兎
銅版画　加藤昌男
発行者　田中和雄
発行所　株式会社　童話屋
〒166-0016　東京都杉並区成田西二―五―八
電話〇三―五三〇五―三三九一
製版・印刷・製本　株式会社　精興社
NDC九一四・一六八頁・一五センチ

ISBN978-4-88747-134-4

地球の未来を考えてT.G（Think Green）用紙を使用しています。